字造者

仓颉家族秘史

朱大可 著

SPM 南方传媒　花城出版社
中国·广州

图书在版编目（CIP）数据
字造者：仓颉家族秘史 / 朱大可著. -- 广州：花城出版社，2024.10. -- ISBN 978-7-5749-0315-9
Ⅰ. I247.5
中国国家版本馆CIP数据核字第20243LX153号

出 版 人：张 懿
责任编辑：李 谓　夏显夫
责任校对：衣 然
技术编辑：凌春梅
封面设计：

书　　名	字造者：仓颉家族秘史
	ZIZAOZHE: CANGJIE JIAZU MISHI
出版发行	花城出版社
	（广州市环市东路水荫路11号）
经　　销	全国新华书店
印　　刷	广州市岭美文化科技有限公司
	（广州市荔湾区花地大道南海南工商贸易区A幢）
开　　本	889毫米×1194毫米　32开
印　　张	7.625　6插页
字　　数	125,000字
版　　次	2024年10月第1版　2024年10月第1次印刷
定　　价	68.00元

如发现印装质量问题，请直接与印刷厂联系调换。
购书热线：020-37604658　37602954
花城出版社网站：http://www.fcph.com.cn

颉在生前给妙留下了一件礼物。他用意念造出一个"美"字，又把这字刻写在龟版上，然后用咒语把它变成一头大羊，看起来似乎是山羊和绵羊的杂交品种——长着山羊般的弧形大角，但下巴洁净，没有常见的胡须，却浑身长着绵羊般的白色卷毛。他说：这是你的宠物。'美'加上'妙'，是无限美妙的意思，它将替我陪伴你，让你的未来长久地美妙下去。"妙满含热泪地接纳了这个宠物，从此跟它形影不离。

——《字造者——仓颉家族秘史·第三章》

根据一部几乎无人知晓的野史《青丘杂记》记载,在某个大雨滂沱的午夜,青丘国伏羲神庙的废墟里,发生过一次灵异事件。那夜,天上打了一万个响雷,闪电刺向大地,如同像垂直的瀑布。一片刻有"且"字的龟甲被雷电击中,变成一个双瞳和六指的男婴。

——《字造者——仓颉家族秘史·第四章》

甲根嘴里发出"啧啧"的声音，故意做出不屑的样子，把目光转向那只匣子。在被仔细拭过的青铜表面上，是一些首尾相衔的龙蛇浮雕，又彼此缠绕，与铜匣上方的提手，共同构成一个诡异的主环，跟他先前看到的生命树有几分相似。在闪烁的烛光映照下，蛇环似乎在蠕动，细碎的鳞片说出一种暧昧的话语。但他定睛一看，蛇依旧静止在空间里，像树叶静止在树上。甲根忽然笑了："我看见你动了，你这狡猾的东西！"

——《字造者——仓颉家族秘史·第五章》

清明日的那个正午，是预定的恶祈时刻。国王在沐浴净身，更换衣服之后，屏退所有侍从，先把碍事的鹆鹆锁进鸟笼，然后盘坐在白色软垫上，举起打磨得极其锋利的青铜锥子，用力刺进自己的眼窝，鲜血四溅；然后他又举起青铜锤子，打断两条腿和左臂；最后用头撞击机关启动青铜碾子，让它轰然落下，砸断自己的右臂。每一次脆生生的断裂，国王的骨头都在发出惨叫，听起来就像是噼啪作响的闪电。

————《字造者——仓颉家族秘史·第六章》

目 录

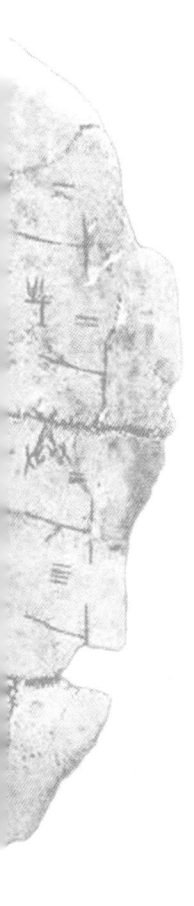

第一章　颉颂 \ 1

第二章　暗境 \ 39

第三章　奇妙 \ 75

第四章　且生 \ 113

第五章　煞兽 \ 158

第六章　沮诵 \ 190

补　记 \ 236

《青丘纪事》原跋 \ 238

第一章 颉颂

一

男孩躺在树林里做梦的时候,阳光越过密集的树叶,直射在他脸上,形成一些闪烁不定的斑影,而光影就此进入梦里,变成水面上的波纹。他看见自己以鱼的姿势在水里游走,向一切水中的事物致敬。他向其他鱼问候,向水底的虾和蟹问候,甚至向浮动在泥岸边的螺蛳群问候。他内心充满巨大的喜悦。他是自由的,而且跟世界无限友好。

自从两岁记事起,他就沉湎于这种白日梦幻之中,每天早晨,他溜进屋后的杂树林里,躺在一棵开花的老槐树下,周身包裹着阳光,就像穿上一件用光的纤维织成的袍子。睡意随即像树根那样从头脑、胸口、腹部和四肢一直延伸下去,仿佛石化了一样,直到黄昏被外婆叫醒。外婆是一名女巫,只有她能走进他的梦境,并把他拽出来,用树枝抽打他的屁股,把他赶回家去。

"该吃饭了,我的小畜生。"外婆咩咩地说,声音像颤抖的羊叫,"水里的鱼,已经在锅里等你了。"

男孩是个哑巴,嘴里天生就少了一条舌头,无法向外婆形容他在梦里的快乐。每次他抓住外婆的手叫上一回,外婆便会笑起来说:"唉,你这小畜生,不是睡觉,就是拉屎。"男孩便欢快地跑到杂草丛里,拉了一泡臭气熏天的屎。之后,他又欢快地大叫一声,看见茅屋上的烟囱,冒出了淡灰色的炊烟。

他抓住两条蚯蚓当鞋带。它们在草鞋的绳扣里穿来穿去,最后还打了个蝴蝶结,然后就静静地趴在草鞋上了。他穿着鞋跑进屋去,坐在火塘边,看见真的有条大嘴尖齿的鱼躺在陶盆里。越过热气腾腾的汤缶,一张秀丽的小脸,正在笑眯眯地望着他。那是他的表妹阿嚏。她打了一个大大的喷嚏说:"小畜生今天在梦里干啥呀?"

男孩用手指指了一下鱼,又做出张嘴说话的样子。女孩说:"哦,我懂了,这条鱼刚才咬了你,所以你要把它吃掉。"她一脸坏笑地望着男孩。

男孩没有吃鱼,他很快吃光碗里的小米饭,然后去揪女孩的辫子。女孩也扔下筷子,在他手上轻咬了一口,留下一圈浅浅的印章式的牙印。他们开始在屋里嬉戏和打闹起来。这是他们每天必做的功课。外婆笑眯眯地望着绕膝的孙辈们,犹如望着歌谣里的世界。

男孩在女孩细长的辫子上打结。女孩在闪避中对男孩说:"颉,你对我那么凶,可我对你这么好,就连吃一只跳蚤,都要分你一条腿。"男孩大笑起来,向她伸出一根食指,意思是要分给她一个指头。女孩又说:"假如颉哥哥是条小狗狗呢,那么妹妹就是一根小骨头,让哥哥叼着跑东跑西。"

女孩还说:"要是我们以后在一起了,我就让所有东西都到一起来,我要把我的鞋放到你的鞋里,把你的袜子放进我的袜子,让衣服跟衣服、枕头跟枕头都成为夫妻,还有,我的手和颉的手也要成为夫妻。"颉听罢有些羞涩起来,伸手捂住了女孩的嘴。

女孩推开他的手,又把舌头伸进他的嘴里。含着女孩的小肉舌,好像含着一条温暖的小鱼,颉心想:它是多么柔软,多么芬芳,津液里带着青草的香气。女孩说:"我们的嘴巴也要成为夫妻。"颉的脑袋有些发晕,他被这次亲吻震撼了,仿佛掉进了外婆热气腾腾的浴盆。此后的许多年里,他都无法忘掉这个灵魂的初吻。

夜深之后,外婆和女孩都去睡了,颉便进入自己的另一个状态——开始在泥地上写画。夜晚的生物已经出动,狼在附近嗥叫,夜枭发出令人惊悚的笑声,饿虎则在远处山谷发出咆哮。颉也发出了自己的童声号叫。他像一头小狼,坐在屋门前,背靠坚硬而冰凉的门板,开始在泥地上画符。这是外婆传授的一种技法,巫师们在作法时,会在芭蕉叶或高粱叶上,用点燃的炭条画出黑色神符,树叶随即燃烧起来,形成一些诡异的图形,又以灰烬的方式消失在空气中。

颉依照树的形状画了一个神符,又照鸟足的形状画了另一个。抹掉之后继续画第三个,就这样无限地画下去。他能够感觉到这些神符的能量,它们在被画出来的时候是会笑的,但在被抹除时,却发出一声轻微的叹息。从笑到叹息只有一个瞬间。它们的生命如此短暂,令颉有些感伤起来。

早熟的哑巴男孩惘然地想:应该把这些笑声和叹息声都用罐子装起来,不让它们在巫术中死去。他的忧伤从指缝里流了出来,掉进了干枯的泥土。

但他还在不断重复这样的动作。日复一日。做梦和画符,这是他生命中唯一的事务。即便刮风和下雨,他都在这两个状态里摆动。表妹阿嚏有时会来恶作剧地加以干扰,她嬉笑着蒙住他的眼睛,玩弄他长在前额上的那块隆起的圆骨,拧他的耳朵,把一队肤色黑亮的蚂蚁送进他的衣领。颉在做梦时是快乐的,在画符时是忧伤的,只有在被阿嚏戏弄的时刻才是幸福的。他傻傻地笑着,被阿嚏身上的青草味儿弄得心醉神迷。

这天,女巫外婆把他从梦境里拖出来,牵着他的手,带他走出这个叫作"侯岗"的村落,去附近的村子赶集。外婆一路上跟许多农夫和女人打招呼,说各种含义奇怪的话。在集市上,她又在每一个摊位上讨价还价。为了低价买一把青菜,她几乎用尽了讨好的语句,甚至发出巫术般的威胁,说要是不肯降价,就把菜农的家变成地狱。最后,双方总是非常友好地完成了交易。

颉对此充耳不闻。他独自蹲在道边,用手指在地上画着神符。村民们都认识这个哑巴男孩,他们满含怜悯地望着他,觉得他不仅是个小哑巴,而且还是一个傻子。他们脸上时常露出轻蔑的神色。是的,人类可以容忍失语症患者,却不能容忍一个白痴。

颉对人们的目光早已习以为常。他的脸上永远挂着呆傻的笑意,仿佛是一个被定格在面颊上的神符。他按集市里的事物(鸡、肉、蛋、菜之类)画出神符,再把它们抹除,看它们迅速地诞生和死亡,悼念它们短暂的一生，沉浸在符号循环游戏的悲喜之中。

在抹掉几百个神符之后，颉抬起自己的目光，想看一下外婆在哪儿。外婆不知去向，人群还是如此拥挤和喧闹，在不远的街角，一个罗锅乞丐老汉正在被人痛殴。看样子好像是偷了什么人的钱，破烂的衣衫上沾满尘土，打满结的白胡子上都是鲜血。颉很不开心，他觉得老汉非常可怜，需要他的帮助，于是他走过去，发出一声喊叫，然后叉着腰，威风凛凛地站在老汉和众人之间。所有人都惊呆了。打人的汉子也打了颉一掌，令他眼里冒出无数金星。但他没有倒下，依旧保持着生气的样子。旁边有人认得他，说别打了，那是侯岗村女巫的外孙，打人者有些吃惊，只好骂骂咧咧地走了。

颉去看那位老汉，他却已经站立起来，罗锅背挺直了，胡子上的鲜血也消失了，褴褛的衣服变得华贵光鲜，目光如炬地看着他，仿佛变了一个人似的。"我知道你叫颉，是女巫的外孙。"老汉脸上露出笑意，"我找你已经很久了。"

颉很诧异地望着老者，觉得他比神符更加神奇。他用手摸着那枝繁叶茂的胡子，发现它们像小辫子那样被编成了数百根，每一根上面都有上百个微小的胡结，看起来数不胜数。他不知道那究竟是年岁的记号，还是代表其他什么更加诡秘的意义。

老者哈哈笑道:"这里有三万八千个绳结,代表我的年岁。你若想数清楚,需要花费三百天以上。"老者用手一摸,胡结竟然完全消失了,稀疏的胡子散漫地飘拂在嘴边,像一堆在风中摇摆的杂草。颉惊得目瞪口呆。

老者说:"这是天神传授给人类的结绳符号,你应该懂得它们的意义。你跟我来,我要教你一种新的游戏。"

颉跟随老者来到一条僻静的巷子。老者交给他一片龟甲和一个牛胛骨,颉正拿在手里把玩,老者突然伸出两根手指,迅疾插入颉的眼睛,又猛然拔出。颉感到一阵剧痛,大叫一声,蹲下身去。等他站起身来,睁开眼睛,老者已经失去了踪影。颉感到有些恐慌,不知究竟发生了什么。眼睛正在变得清凉起来,看东西也更加清晰。他放眼望去,竟能看见一百多尺远的烟囱上,有两只仓鼠正在亲热。他大吃一惊,赶紧闭上眼睛,以为出现了幻觉。等再次睁开眼睛时,仓鼠已经逃走,留下几粒黑亮的鼠屎。

颉感到有些头晕。他收起异样的目光,慢慢走回街上。外婆已经在那里等候,一脸焦急的样子。他便跟着满载而归的外婆向家里走去。一路上外婆仔细看着他说:"你的眼睛怎么变成了双瞳?你刚才发生了什么事情?唉,你这不会讲话的小畜生呀。"

颉跑到河边,看见自己的眼睛果然变成了双瞳,也就是在原先的深棕色瞳仁里,又出现了一个纯黑色的瞳仁,犹如一个大圈套着一个小圈,反射出月光般的神奇色泽。为什么会这样呢?他有些慌乱地望着外婆。外婆也满腹狐疑。他们面面相觑。阿嚏后来看见颉的变化,也非常吃惊。她反复看了半天,大惊小怪地说:"颉哥哥变成怪物了,不过我很喜欢。"

这天夜里,颉像往常一样坐在门口画符,突然发现眼睛在黑暗里还可以看见事物的另一面:那些小砾石的灵魂在地面上跳舞,闪闪发亮;树的灵魂在吸吮大地的汁液;就连野草都变得辉煌起来,散发出晶莹的光泽;几只甲壳虫还在工作,它们就像是一些被雕琢成昆虫的金子,光芒四射,令整个暗夜都呈现出辉煌的气象。

面对这种变化,颉有些手足无措。他小心地伸出手指,看见指尖也在熠熠发光,犹如萤火虫的屁股。他试着在自己手掌上画下一个"虫"符,它竟然像剪纸那样飘飞起来,悬置在半空之中。颉吓了老大一跳。现在,神符不仅会发笑和叹息,而且还能变成可看见的实体,这是他万万没有料到的。他用手指画了一个"窗"符,眼前便出现了一个由光线构成的窗格,一个老者在窗外向他招手,他就是白天在集市上遇见的那位。老者探头进来笑道:"我们又见面了。"

颉想对他说什么,却只是发出一声惊喜的叫唤。老者笑了:"看来你不知道舌头的功用。现在你可以说话了。我是大神伏羲。今后,你要用舌头来赞美我,赞美所有天神的功德。"

颉傻笑着点点头。

"我要借用你的手来改变世界。好好画符吧,你将成为世上最伟大的先知。"伏羲说着向后退去,跟窗框一起消失在虚空之中。

颉就这样从伏羲神那里获得了写符的力量。这不是部落巫术,而是一种前所未有的神通。颉对着嘴巴画了"舌"符,口里突然长出了什么东西。他在池水里照着看,发现嘴里真的多了一块可以伸缩的淡红色软肉。谢天谢地,基于伏羲大神的恩典,他为自己找回了丢失的舌头。

颉快乐地叫醒外婆和阿嚏,向她们演示自己的法力,还吐出舌头给她们看,对她们解释了它的来历。她们都为这神迹惊呆了，半晌说不出话来。外婆点燃一支松明，写下一道拜谢符，在伏羲神像下烧化。阿噎打了一个喷嚏说："颉哥哥能说话，我心里真是欢喜极了。"

颉从此拥有字造的异能。他用两个食指彼此交替，轮流在手掌上书写各种象形符号。他画"登"字，屋里就多了一盏油灯；他画"鬲"符，院子里就多出一只鬲罐。外婆说："我不去集市了，你替我造吧。"颉于是画了"鱼"符，篮子里出现了摇头摆尾的活鱼；他画"瓜"符，门前的棚架上就结满瓜果；他画"黍"符，地里长出了穗粒饱满的庄稼。他还为阿噎画了"龟"符，阿噎马上得到了一只迷人的绿色小龟。它缓慢地爬行在阿噎的小手上，背甲坚硬，眼神柔软。

黄昏降临的时刻，外婆开始蒸饭和烧鱼，烟囱里冒出了淡淡的炊烟。阿噎说："我不要天黑，颉哥哥为我弄一点光亮。"颉想了想，用右手在左手掌上画了一个"日"符，又用左手在右掌上画了一个"月"符，然后把两个手掌并起来，形成了一个"明"符。突然间，天空上出现了日月并出的景象。黄昏的太阳不再降下，而月亮已经上升，它们一个在天空的西边，一个在天空的东边，彼此辉映，令原本已经黯淡的天空变得异常明亮。人们都从屋里跑出来观看，以为是神降临在天上。

阿嚏把外婆拉出屋子，指着天空中的异象说："看，那是颉哥哥干的。"

外婆眯着眼睛看了一会儿，叹口气说："孩子，你玩得有点过了。我也不知道，这究竟是福还是祸呢。"颉和阿嚏都没有在意女巫外婆的担忧，他们在门前继续玩画符的游戏。他画了"水"和"也"符，水塘边又出现了另一个水塘；他画了"阜"加"匋"符，水塘边竟然出现了陶窑。颉拉着阿嚏的手绕过水塘前往陶窑，触摸它的外壁，发现这是真实的物体。

颉喜悦地哭了，他对阿嚏说："我要为你画一座好看的房子，把你放进去，像放一个小娃娃那样。"

阿嚏也笑了："我要跟你在里面一起吃饭睡觉。"

这时，明亮的天空上忽然发出悦耳的强音。外婆脸色苍白，浑身颤抖地说："糟了，颉惹怒了天神。我们家恐怕要遭难了。"她听见四周的亡灵都在哭泣，蛇虫之类的动物，穿越草丛，纷纷躲进了自己的洞穴，再也不敢出来。天上下起瓢泼大雨，雨水里混杂着粟米、鱼和菜，百姓都跑出来捡拾，沉浸在不劳而获的狂欢之中。

阿嚏说:"外婆呀,这不像是神明生气的样子。"

外婆望向下雨的天空,又看着大地上那些米和菜:"是呀,我也糊涂了。"

在这天结束的时刻,天空上出现了一道巨大的彩虹,它们从颉家屋后的小山上爬升起来,又在对面山里消失,形成半圆形的彩带。外婆忧愁的表情变得释然了,她坐在门槛上:"这是天神在跟颉立约。他们达成了和解。"只有颉知道,那是伏羲对他的褒扬。但他没有告诉任何人。他仍然习惯于和过去一样保持沉默。

阿嚏第二天病倒了。起初她喉咙疼,咳嗽,额头发烫,然后发展为寒战和高热。她对外婆说:"我的头好痛。"颉放弃了睡眠和做梦,在一边陪着,看见她全身都起了瘀斑,从鲜红变成紫红。到了第三天早晨,她开始不停地呕吐并说一些奇怪的胡话,浑身抽搐,陷入半昏迷的状态。她醒来时对颉说:"哥哥呀,我梦见这屋子就是我的身体,它在发热,而我住在里面,我出的汗在梦里变成了雾气和雨水。现在我要走了,去一个更凉的地方。"

颉哭泣起来,说不要她走,他要为她驱赶病魔。他先是画了"蟲"符,又画了"刀"符,把它们合并在一起,想用"刀"去杀"蟲",但阿嚏的病情没有丝毫好转。他想像外婆那样写符求神,于是又画了"求"符,加上"文"符,合成一个"救"符,但伏羲大神始终没有响应,变成老乞丐现身。

那天半夜里,颉忽然一反常态地昏沉睡去,梦见阿嚏的七窍里爬出许多黑色的小虫,不仅嘴里满满都是虫子,甚至眼里流出的眼泪,都变成了虫子。颉醒过来时,虫子已经不见了。

阿嚏就这样悄声走了,像一个轻轻的喷嚏。外婆抚摸着她的小身子吟唱,替她幼小的亡灵送行。颉放声大哭,他的眼泪流到地上,结成一个"哭"符,眼泪又继续流到屋外,流进了池塘。鱼虾先是吓了一跳,然后也都哭泣起来。草木和鲜花哭泣起来,飞禽和走兽也哭泣起来,直至整个世界都哭了起来。

颉长大后才懂得,他的画符魔法是有限的,他甚至不能救回最心爱的女孩。

但颉还是在经久不衰的睡梦里长大了。外婆在他十四岁那年谢世,阿嚏的坟头上长出一株槐树,每天都在风中摇摆树枝,向他说意义不明的絮语。有一次,他梦见阿嚏从那个世界里看过来看他,当他想抱她的时候,对方却消失了。他恍然大悟:原来阿嚏太忙,刚才是派了一个影子前来探访。

在无限的孤独中,他成为半神半人的造符者、主祭伏羲神的祭司。他在梦里用手指在肚皮上书写古怪的线条,由此不断创造新字。随着他的造字,相应的事物也在世间诞生。人们管这种符号叫作"字",画字的行为叫作"写"。颉管自己的这种创造叫"字造"。他在这种独一无二的"字造"之中,为世界创造出各种全新的事物。

不知从什么时候开始,颉的字造不再限于梦里,而是悄然转移到日常现实的场景中。他开始在清醒状态下生成字形,一切似乎变得更加自由。他希望得到神的保佑,就造了"神"字,结果田边出现了伏羲的神像;他造"寺",小小的神庙就出现在村里;他嫌寺太小,画了"广"符和"由"符,田地尽头便出现了"庙",大屋顶遮住神像和田地,成为更大的祭祀场所。仓颉在他造的庙里住下,成了一名伏羲祭司,负责传递神的旨意。

他造"車"字,就出现了独轮和两轮大车;他造"律"字,就出现了法律;他造"城"字,城墙和城市就出现了;他造"樂"字,就出现了乐器和音乐。

但自由造字也会弄出一些劣字和错字，犹如肿瘤细胞的自我恶性繁殖——"驫""麤""猋"和"龘"，或笔画过多的字如"齉"，等等。颉只能造字，却无法消字。他只能等待那些错字在岁月中腐烂，或者像野草一样疯长。直到生命临终时刻，颉都没有找到有效消除的方法。

颉开始更审慎地推行他的字造活动，因为每一个错误，都可能引发灾难。为了阻止坏字流行，他必须为好字找到便于存取的容器。他记起伏羲神曾经交给他的龟甲和牛骨，这两件宝物作为随葬品，跟阿嚏一起化成了尘土。颉先是选择牛胛骨，看见上面爬满来自地狱的鬼魂；他又试着把龟甲放在耳边，却听见了微弱的天籁，仿佛是神在耳语。

颉于是选择了龟甲。神庙里的助工昆吾，是他的第一个弟子，他到处收集被人丢弃的龟甲，仔细地加以清洗和打磨。颉把字逐一刻在龟甲上，然后悬挂到庙的大梁上，就像悬挂来自海洋的贝壳。龟甲在风中摇摆，发出风铃般悦耳的叮当声，犹如来自水神和风神的问候。

这时的世界上事物分为两种：一种是原生的，一种是通过造字产生的。字也分为两类：一种是对外物的模仿（象形），被称为"镜字"；一种是创造外物的，被称为"原字"。后一类字是有灵性的、通神的,是更高等级的文字。

等颉造出八百个字时,城市就依照他的文字,呈现出完整的容貌:宫殿、庙宇、工坊、仓库、道路、商铺和城墙,新事物层出不穷,琳琅满目。国家和文明就这样令人愉快地诞生了。人民为此兴高采烈。他们走进庙里祭拜,跪倒在伏羲神像前。当看见祭司颉的时候,他们发出热烈的欢呼。

颉变得有些傲慢起来。他拒绝见那些求援的百姓,更拒绝帮助他们,因为他们提出的琐事要求,不值得他去浪费时间。

一个流鼻涕的小女孩对她说:"颉,我的泥偶娃娃摔碎了,你能帮我重新造一个吗?"颉看着她很丑的小脸,没有理会她的请求。

后来又来了一个衣衫褴褛的老奶奶,她拄着拐杖说:"颉呀,我的衣服太少了,怕会熬不过这个严冬,你能替我造一件羊毛袄子吗?"

颉笑了笑说:"我不会这个,你去裁缝铺做一件吧。"

这是深冬季节的一天,大地结起了很厚的冰层。颉在修补他的神像,有位叫作师襄的乐师,背着一把六弦琴走进寺院,说是自己的手指出了状况,请求颉给予治疗。颉断然拒绝了他。

颉说:"你应该去找医师或巫师,而不是我这样的祭司。"

琴师说:"我可以向你演示我的病症。"

颉轻蔑地一笑,没有理会,转身离去。

但他还没有来得及走出前院,琴声已经响彻整座庭院。颉大吃一惊,掉头去看,发现师襄拨动了跟冬天相应的水音羽弦,奏出代表十一月的黄钟乐律。激越的琴声在庭院里交响,鹅毛大雪瞬间就降落下来,地上和房顶上,到处都是厚厚的积雪。

颉起初以为这只是一个巧合,他抓起雪来,放在鼻子底下嗅了一下,笑道:"先生像是一位算命师,能够算准下雪的时刻。"

师襄听他这样说,便转换了一个调子,拨动起与春天相应的木音角弦,弹奏出代表初春二月的夹钟乐律。柔和的琴声一起,温暖的春风徐徐吹拂,田野上野花盛开,五彩的小鸟在空中飞舞,游鱼在水里跳跃。大雪和坚冰迅速融化,变成一条条涓细的水流。

颉这下有点犯晕了,他知道来了一个比他更厉害的角色。他立即拱手致敬说:"抱歉,先生,我失礼了。"

师襄没有理会他,拨动了与秋天相应的商弦,弹奏出代表金秋八月的南吕乐律。悲凉的琴声响处,忽然刮来寒意浓郁的秋风,院里的柿子树迅速结出了橘红色的果实。

神庙里的低阶祭司们闻声赶来,都被这奇异的场景震惊了。师襄说:"你要懂得,这世界并非只有文字才能造物,音乐也能造物。还有其他各种造物的方式。"颉恍然大悟,终于知道天外有天。他跪倒在师襄面前,急切地要拜他为师。

师襄笑道:"拜师是不必了。你只要懂得宇宙创造的法则,而且懂得谦逊地对待你的人民,你就将天下无敌。"

颉点点头。师襄仰天大笑,飘然离去。颉满心疑虑地望着师襄,看他逐渐消失在道路的尽头,猜他是某位神祇的化身,故意来点化他的愚蠢和迂执。但无论师襄是何方神圣,他都学到了新的真理。他开始懂得,因为被神的无限性规定,所以世界是不可穷尽的。他只是这世界里的一只会营造的虫子而已。

师襄让颉变得更聪明了。他开始警惕来自人类的崇拜。面对络绎不绝的朝拜者，他试着躲进伏羲神像背后的阴影里。他害怕那些狂热的声音。它们会在他耳朵里反复震荡。需要花费很长时间，这种巨瓮式的回声才会逐渐消失。

颉无法忍受人群的喧嚣，因为他不配成为人群的恩主，便只好搬出神庙，躲到一个更加僻远的小院，在那里打坐和冥想，并让新字在冥想中不断浮现。

每天都有年轻人到庙里习字。他们临摹龟甲上的字样，把它们写在自己带来的木板上。颉这天黄昏走进神庙，看见有个少年，很认真地趴在地上习字，还用猪毛做成软笔，蘸着炭黑，把字写在打磨好的竹片上，再用麻绳把他们串联起来。颉给他起了个名字叫"毛简"，他发明的记录工具，则分别叫作"毛笔"和"竹简"。竹简没有神性，无法代替龟甲成为刻录新字的载体，但它却随处可取，削制简单，应该是最好的练习工具。

毛简很高兴，屈膝跪在颉的面前，要拜他为师。黄昏的光线勾勒出少年整洁的容貌和衣装，就像他自己过去的模样。颉的心里突然涌起一种巨大的感动，他就这样收了自己的第二个弟子。

有了昆吾和毛简两个弟子之后，颉决定办一所学校。他造出一些上好的木材，扩建了神庙的后殿，把它变成文字图书馆，又把偏院改成校舍，收了十几个弟子。他们负责整理那些文字，把他们按偏旁进行分类，以便检索。

在弟子的技艺大幅提升之后，颉又把学校分为两个专业：一个是造字专业，另一个是认字专业。认字专业的弟子中有不少异能者，他们能够用耳朵认字，以字算命，以字看病，以字变形，等等。除了象形法和会意法，颉还发明了指事法和形声法，造字的速度成倍加快，表达的功能也日益完善。他满意地看着这世界所发生的变迁。

二

颉每天黄昏走出后院，朝着夕阳的方向，独自返回自己的住处，身后拖着一个形单影只的影子，就像拖着一块沉重的木板。自从阿嚏和外婆去世之后，他习惯了一个人的生活。但弟子中那几个妙龄女孩，始终在撩拨他的灵魂，尤其是那个叫作沮诵的造字班女孩，她总是头戴粉色的玫瑰，睁着大大的眼睛，痴情地望着他的双瞳,向他发出没有言辞的问候,弄得他授课时心猿意马。

但颉总是觉得,这不该是他的女人。沮诵在休息的时候,热衷于用刻字的玉刀杀死青蛙,剖开它们的肚子,拉出细长的肠子点火烧掉,然后把它们的四肢钉在木柱上,造出一个"大"字,说是要祭奠伏羲神。颉远远看着沮诵的游戏,有些心惊胆战。他惧怕这个美丽的少女。

沮诵在用竹简练习造字时说:"假如我当上女王,我就下令所有百姓交出他们家的男孩,由我来统一管理。我要让那些男孩成为我的奴隶,把他们的眼睛刺瞎,让他们成为永远的面首和盲从者。"她于是发明了"民"字——在一只眼睛上有一根锥子,那是刺瞎的记号。

颉当场否决了她的作业。颉说:"人民是你要奉养的父母,不是你榨取他们血汗的奴隶。"

沮诵伸出舌头,舔了一下自己的嘴唇,甜蜜地笑了:"先生,你生气的样子,真好看。"

颉没有理会她的挑战,而是转向其他弟子说:"今天我要在你们面前造另一个代表人民的字。"他在竹简上写了三个"人"符,上面一个,下面两个,构成了

"众"符。颉说:"三个人聚合起来,就代表人民,他们是我们的衣食父母。我们要敬爱他们,把他们当作神明,而不是刺瞎他们的眼睛,让他们变成愚人。"昆吾和毛笔都点头表示赞同。沮诵踩碎了她的"民"字竹简,满含失望地走开。

颉回家后,躺在黑暗里,想遍那些身边的女人,始终无法摆脱阿噎的影子。她是如此甜美、无邪和善良,酷爱世间的所有动物,跟它们结为好友。他猛然醒悟过来——为什么不用写字魔法去召回她的灵魂呢?

这天夜里,他阳具坚挺,浑身燃烧着欲念的火焰。他用喷射出的浓稠液体,在龟甲上涂写了一个"女"字,又用第二次喷射的液体,涂写了一个"少"字,然后把两片龟甲放在一起,像摆放好一双拖鞋。

第二天早晨醒来,他看见榻边的龟甲上出现了一个新字"妙"。他睡眼蒙眬地打开屋门,看见一个容貌秀丽的少女,站在初升的阳光下,目光清澈,牙齿洁白。少女笑盈盈地对他说:"我叫妙,我是你的女人。"她咬着他的嘴唇,把舌头探入他嘴里。他平素第二次含住了温暖而柔软的小鱼,品尝到青草般的香气。颉想起跟阿噎的那次初吻,忽然醒悟到,妙就是阿噎的重生。

颉又造了一个"安"字,把女人稳妥地放在家里。

妙就这样走进了他的生活。这是个不打喷嚏的成年版阿嚏,如此安静而热烈,悉心照料他的起居,像母亲一样关怀他的事业,又像妻子一样慰藉他的身体。颉的脸色滋润起来,身体也变得强壮。所有人都发现了颉的剧烈变化。他的威望如日中天,达到一个青年祭司所应有的最高限度,就连国王皋陶都要亲自登门拜访,向他表达敬意。

沮诵美丽的大眼里充满怨恨。她把青蛙的尸体,偷偷埋进了他的稷米饭里。

颉不知道,他的造字事业,威胁到了传统的结绳法则。它的背后是巨大的权力和利益。当时的天下,分为传统的结绳派和颉所代表的造字派。贵族大臣和学者捍卫古典结绳方式;而青年人则更喜爱文字,他们拥戴颉。字的用途越来越广,已经侵蚀到结绳派的传统领地,例如记账和结算,甚至官府会议和祭神仪式。这引发了结绳派的严重不安,两派之间发生了激烈的争斗。结绳派决定派出自己的大师前去伏羲庙,向颉发出挑战。

这天,颉刚刚结束造字课程,弟子们逐一散去,只有一位坐在后排的老者没有起身离开。他身披褐色麻衣，黑少白多的目光，刀子般扫过颉的面颊，令颉感到微微的疼痛。还是弟子昆吾眼尖，认出了来者，说这位是著名的结绳派高手麻结。麻结于是走上前来，向颉致礼问好。

颉拱手回礼道："不知大师前来有何见教？"他知道，面前的这位老人已经一百八十六岁，因为他长长的头发上，打了十八个大结和六个小结。颉靠犀利的眼力，快速算清了他的年龄。

麻结说："你造的字家喻户晓，可我年事已高，人老眼花，有几个字至今还有些糊涂，想就此向你讨教。"

颉连忙作揖道："在下不敢，请老先生赐教。"

麻结把玩长发上的那些大小胡结："你造的'馬'字，'驴'字、'骡'字，都是四条腿的动物吧？但牛也有四条腿，可是你造的'牛'字，却没有四条腿，而是只剩下一条尾巴，这是否有点不合常理？"颉一听就知道来者不可小看，因为对方一眼就看出了他造字留下的漏洞：原先造"鱼"字时，是写成"牛"样的；而造"牛"字时，是写成"鱼"样的。但因为粗心，将它们弄颠倒了。

麻结又说："你造的'重'字，是说有'千里之远',应该念出门的'出'字,而你却教人念成重量的'重'字。反过来,两座山合在一起的'出'字,本该为重量的'重'字,你倒教成了出远门的'出'字。这些字实在令人费解,只好当面来向你讨教。"

颉说:"这正是我的错误。可惜对于错字,神祇没有交给我抹除的权柄。"

麻结开始嘲笑颉发明的文字,说它还有更多的弊端,它为事物下了定义,导致事物在语义上的固化。一旦形成大量坏字,就会败坏世人的道德。而结绳记事则没有这种危险。颉承认,对方洞察了字造活动的深层危险。但他仍然相信,伏羲神会给他力量,去克服字造可能带来的灾难。

麻结看出了颉的心思。他说:"结绳派正在准备记事法的赛事,让各种门派都能展示他们的技艺,并让世人做出公正的评判。"麻结的邀请令他无法拒绝。他彬彬有礼地接受了,却不知这是个巨大的陷阱。结绳派受到贵族阶层的强力支持,它断然没有输掉的打算。

颉对昆吾和毛简说,我对结绳记事几乎一无所知。我想出去走走,看看这个世界的真相。他于是化装成一个穷困的老者,就像伏羲神曾经扮演过的那样,挂着拐杖来到喧闹的集市，从那里眺望人间的风景。

他发现，结绳记事是一种人们习以为常的方式。摆摊的小贩用不同颜色的绳子表示各种不同的货物。颉想要购买一件细麻织成的上衣，看见它上面垂着一根褐色的麻绳，上面打着一个大结和三个小结，他立即就猜出它的价格是一块碎银加上三枚贝币。一问，果然如此。

颉还仔细观察路人的装扮。昆吾告诉他，人们把辫子当作自我身份的标志：未婚少女用青色发结的数量炫耀自己的男友数量，或用空心结来表达求偶的愿望；结婚的女人则用蓝色发结炫耀自己的儿女数量。有地位的男人还用贝壳数量炫耀自己的财富，甚至用玉石的数量炫耀权力和地位。

理发师的主要工作，就是为人解开发结，在仔细清洗之后又重新打结。地位高的人士发结数量繁多，清理一次，几乎要花费一整天时间。颉在一家理发铺跟前站了许久，看得兴致盎然。他傻傻地笑着，最后被理发师当作傻瓜赶走。

颉继续在城里四周转悠，他惊异地发现，人们在自家门口也悬挂着各种绳结，向外人宣示家里的人口、财富和地位。甚至还要表达主人的当下状态。颉看见一个女孩走出主屋，急切地钻进茅房出恭，顺手在门前挂上一条褐色的大结。在另一家门口，紧闭的门上悬挂红色大结，昆吾很神秘地告诉老师，那是正在做爱的记号。

颉还看见穿白色丧服的人在某个大宅子里出出进进，门上高悬着黑色的麻绳，上面打着一个大结和一个小结。昆吾解释说，这家同时死了一个大人和一个小孩，估计是孕妇难产的结果。颉顿时感到悲伤起来——他记起了阿嚏和外婆的死亡。

颉走了一圈，大致弄明白了结绳世界的法则。在民众阶层，它是天真和没有隐私的，所有人的秘密，包括他们的年龄、财产和情人的数量，都被绳结公开，仿佛是一种自我炫示。但贵族有权拒绝对外透露自己的秘密。这是他们的永久特权。贵族们把结绳变成一种密码，他们用绳结彼此传递秘密消息，除了他们自己，无人能破译他们的秘密。

颉还发现，结绳记事也有其致命的弱点，他们无法造出新的事物。而且打结过于复杂，语义又容易造成误解，所以用者渐少。它由女娲神所发明，代表最古老的哲学。但颉明白，造字派没有这样的烦恼。文字便利、准确、信息丰富，饱受商人和民众的喜爱。集市上的大多数标识，已经采用了他的文字。颉于是发明了"胜"字，又在龟片上钻孔穿线，吊在自己脖子上，犹如一个款式新奇的挂坠。他知道，这个字将给他带来最终的胜利。

妙也想要一个吊坠，她说："我要把你的亲吻做成项链挂在脖子上，你不在家的时候，它们就能挨个儿替你亲我。"

大赛的日子已经临近。妙让昆吾和毛简收集被村民丢弃的小龟甲，在上面打孔，刻上文字，然后把它们逐一编缀成战袍。这是一项艰巨的工作。村里的其他女人都来相助，她们先缝制领口、衣袖、前襟和后襟，然后再把它们组合起来。耗费了整整七个日夜。战袍完成的时刻，颉还躺在竹榻上做梦。他梦见自己在跟妙做爱，而妙在低声歌唱，赞美他的阳具。

记事法大赛那天上午，天空布满乌云，光线阴暗，风在四周呼号，到处是飞扬的树叶和尘土。颉带领他的全体弟子，威风凛凛地走进会场。他身穿一件用八百个小龟甲编缀起来的盔甲，每一龟片上，都站着一个图画般的美丽文字。他的宽檐帽用牛皮缝制，檐边绣着两个用文字连起来的短句："伏羲之子，字造之父。"这是世界上第一个用文字书写的句子。

颉的信徒们看见他信步走来，不禁全体起立，发出热烈的欢呼。结绳派领袖麻结已经到场,他在拥护者的簇拥下,稳妥地坐在竹榻上,没有起身迎接。他的人则向颉发出嘲笑的嘘声。会场里的人群,当即分裂为两个对立的阵营。

国王皋陶牵着他的独角兽坐骑"獬豸"来到现场,这是双方拥护者都共同发出欢呼的时刻。半裸的国王仪仗队,分为男子和女子两列,在鼍皮鼓的伴奏下,开始跳璇玑大舞。他们舞动月桂树枝,麋鹿皮短裙上下跳跃,坚硬的肌肉和硕大的乳房,在汗水中灼灼闪亮。

皋陶说,青丘国正在经历巨大的变革,需要选择一条进化的道路,也就是选择一种最好的记事法,让它像风一样推着人们前行。

国王说完之后,比赛便开始了。麻结首先登上祭坛,向民众展示其复杂精妙的绳网。它用不同颜色的连接,上面结满大小不一的绳结,他宣称这上面记录了青丘国的全部历史。然后他开始逐一解释起来。他苍老的手指,轻轻捻动或划过每个绳结,像水波掠过记忆,唤醒隐藏其间的各种秘密消息,然后用精密的言辞说出。民众看得目瞪口呆。他们平素使用的结绳法,跟麻结相比,实在有天壤之别。结绳派再次欢呼起来,喊出对结绳术的无限自豪。

结绳派在炫耀他们复杂的记事系统。他们的绳文就像天书，但在计算个人财物、展开商业贸易和计算军队数量和战利品方面，却显示出自己的强大优势。对于青丘国这种依赖贸易的小国而言，结绳刚好满足了它的简单需求。

此后，一些小门派的代表，开始依次表演自己的发明，令人眼花缭乱，其中有贝壳派、兽皮派、麻纹派和玉石派等。颉印象最深的，是一种有趣的"花叶密符"，就是用不同的树叶或花瓣来代表固定的含义，比如用牡丹花瓣"尼玛"表示"我爱你"，用小柿子叶"奇哈"表示"我很苦闷"，用老李树叶"巴里"表示"我想跟你分手"之类。颉惘然想到，这好像阿嚏的发明。她生前最喜欢玩这样的叶子游戏。

最后才轮到侯岗村的文字派粉墨登场。颉走上祭坛，向国王和民众展示他的皮帽和陶甲，展示了由盔甲陶片组成的字词和语句。它们赞美神祇，赞美国王，赞美这个小国，赞美它的人民，赞美日月星辰，赞美大地和高山，赞美湖泊与河流，赞美春天和秋天，赞美稷米和小麦，赞美牛羊和家猪，赞美所有可以赞美的事物。这是原初的歌谣，每个字词都在颉的吟诵下闪闪发光，散发出不可思议的巫术力量。

云层散开了，正午的阳光投射在颉的身上，令他的仪容犹如天神。衣摆上的陶片在风中颤动，发出悦耳的乐音，仿佛在给颉伴奏。所有人都变得痴迷起来。在颉结束吟诵的时刻，全场发出了欢呼，就连结绳派的拥护者也卷入进来，声音震耳欲聋，差一点掀翻了湛蓝色的穹顶。

以行事公正著称的青丘国王皋陶，是这场大会的最高评判者，他年事已高，满头银色的皓发，皱纹已经从额头爬向了衣领。他命人牵出自己的坐骑，说要让独角兽"獬豸"来评判优劣。

颉第一次看见这头名满天下的神兽，它体大如牛，却拥有一个公羊般的外貌，目光柔和，牙齿尖利，全身密布着坚硬的黑毛，额头上长着一支尖锐的白色独角，犹如玉色温润的象牙。国王说，它善于辨认是非曲直，通常的做法是，它的角触碰谁，谁就是罪犯。但今天不是断狱，而是友好的竞赛，所以要改换一种方式。国王蹲下身来，对神兽耳语几句，然后直起腰来，向全体人民宣布，它将把自己的屎，贡献给它最喜爱的人物。全场都为之哗然。

神兽迈着轻快的脚步在现场转了一圈。它走过麻结面前，麻结派的拥护者随即发出急切的喝彩声，但它没有停住脚步，而是径直走到颉面前，把粉红色肛门对准他的脸庞，全身发出一阵短促的抖动，然后拉出一堆黑豆般的屎粒。颉没有料到，神兽就这样放肆地把排泄物堆在他脚面上，而且如此温暖而芬芳，带着香椿和干草的混合气味。

国王皋陶高声宣布了颉的胜利。而颉此刻已经听不见任何欢呼声，他忆起青草味的阿噦，忆起童年时在树林里做梦的场景，忆起他被世人歧视和遗弃的岁月。他知道，阿噦和外婆正在天上看着他的胜利。她们的笑颜化成了洁白的云朵。

妙楚楚动人地站在他身边，周身颤抖，满脸都是欢喜的眼泪。麻结陡然变得无限衰老，他在人们的搀扶下，费力地离开了广场。沮诵站在祭坛下，浑身散发着玫瑰花香。她看着妙的笑容，朝獬豸啐了一口唾沫，脸上露出寒冷的笑意。

三

比赛的胜利，令造字派得到了国王的支持。它逐渐成为官方的记录方式。造字派在青丘国已经全面胜利。

麻结经受不住那次致命的打击,几天后,他坐在家里的火塘前吃饭,被一颗沙枣噎住,没能喘上气来,愁肠百结地死了。他谢世之后,青丘国的所有绳结都迅速腐朽起来,化为一些毫无用处的发霉的麻丝。结绳时代从大地上消失了,就像雨水从石头上溜走一样,很快成了人类记忆中最模糊不清的部分。

皋陶委任颉担任国家祭司,负责文字的全面打造。他的学校从神庙里迁走,在城市中央被重新打造,成为一座围墙高耸的学宫,里面拥有两百名才华横溢的弟子。他们来自世界各地,在这里研修、玩耍和创造。其中年龄最小的只有三岁。

识字班里出了几个能用耳朵和腋窝认字的少年。其中一位甚至可以默写出颉发明的所有文字。他用脑子记诵,又用耳朵倾听和辨认,从未有过差错。还有一个八岁的小孩,只要舔一下龟甲,就能知道它上面的文字,还能说出它的味道。就连皋陶都被天才弟子的奇技惊动了,他亲自替小孩蒙上眼睛,然后把一片"甘"龟甲放入他的嘴里,小孩说味道有点甜;他又放了一片"辣"字,小孩立刻被呛得直咳,说受不了那个辛辣的味道。这件奇事迅速传遍整个王国,大家都觉得非常奇怪。青丘国几个最聪明的人都懂得,异人辈出,正是世道发生巨变的征兆。

颉并未在意这些雕虫小技,他认为那只是孩童的游戏而已。他的灵魂专注于创造新字的游戏之中。他用"羊"和"大"造了一个"美"字,用来赞美他的妻子妙,他在私下将它们合二为一,叫妙为"美妙"。每次深夜做爱时,他都不停地喊着"美妙",并在这种叫声中达到狂喜的高潮。

做爱完毕之后,妙通常会做一些奇怪的梦。这天,她梦见颉娶了新妻,长得跟沮诵一模一样。她坐在村头嗑瓜子抠脚,对妙大声说,她已经怀孕一个时辰了。妙惊讶地问:"你怎么知道自己怀孕?难道你的月事如此精准?"沮诵说是的。她还得意地说,颉把她按在粟米地里强暴了她。早晨起来时,她把这个梦告诉了颉,颉听罢大笑起来,说妙的梦实在有点不妙。妙很羞涩,伸出阿嚏式的纤小双手,捂住了颉的眼睛。

沮诵在愤恨地观察颉和妙的动静,她要向这个不会赏识她的男人复仇。她在炉火的煎熬里成长,逐渐变得腰肢纤细,乳房硕大,头发像蚕丝一般柔顺,身子像河边的柳树那样玉立,眼神犹如山上的野兽——有时像妩媚的狐狸,有时像贪婪的豺狼。在颉的课堂上,她总是坐在第一排,她的目光紧密包围着颉,像狼在围捕她的猎物。但颉从来不看她一眼。颉躲避她,就像躲避一头发情的母兽。

沮诵天赋异秉,对字造有独特的见解。她认为字不能仅仅传达善念,还要表达世人的各种欲望。但这些想法无法得到颉的支持,不仅如此,颉总是在课堂上批评她,认为这是一种邪恶的念头,只能把人类引向歧途。她模仿颉的造字法,偷偷创出一种新的文字体系,但字义总是令人生疑,大多代表人的负面欲望,并足以制造人间的各种灾难。

沮诵知道自己在颉的学堂里毫无出路,便跟宰牛师买下一些牛胛骨,把自己发明的字刻在上面,用蒲包装好,伪装成粮食,走私到羌人部落的地下文字市场,从那里偷偷出售,像"私""盗""雠""奸"等字。这些不合法度的新字,成了文字黑市里炙手可热的商品。

在羌人部落里,沮诵找到最著名的私枭九黄。这是一个梳着九十九根辫子的古怪男人,脸上有道可怕的刀疤,走路一瘸一拐,脸上永远带着苦大仇深的表情。

沮诵还清晰地记得,当时九黄坐在黑暗的屋子深处,双脚盘起,目光锐利地注视着沮诵,嘲笑她把字刻在牛胛骨上的举止。但在就着火把看见胛骨文的那一刻,他脸上突然露出了惊讶的表情,仿佛看见了神迹。他大叫一声,跳起身来,跑到屋外,在阳光下手舞足蹈。

"你是什么人?"九黄满怀疑惑和敬意问道。

"我是字造者,从颉那里来。但我是他的敌人。"

"你知道你这产品的价值吗?"

"不知道,我只想用它卖钱。"

九黄笑了起来:"看在你长得很美,而且身上很香的面子上,我不想欺骗你,你的货是无价之宝。"

沮诵也笑了:"你还是出个价吧。"

九黄说:"你来吧。"他重新走回屋子。沮诵跟在他身后。在黑暗里,九黄开始拥抱和吻她。沮诵被他身体的粗粝质感所激励,情不自禁地跟他在火塘边的草席上做爱,听任对方虐待和凌辱她的肉身,用皮鞭抽打她的臀部,让她在肌肤的剧痛中达到高潮。当她重新披上衣服时,她知道自己已经被塑造成一个真正的女人。

九黄对沮诵说:"你的才华不应该湮没。你才是字造时代的真正英雄。"

沮诵有些惘然,讷讷地说:"我不是英雄,但我会成为改变世界的女人。"

九黄决定回报这个献出初夜的少女。他向沮诵提供牛胛骨，同时从她手里高价买走那些刻在牛骨上的新字，然后转贩到其他国家，从中牟取暴利。不仅如此，他还以自己的强大的黑市网络，塑造出一个暗黑系文字发明者的传奇形象，美丽、傲慢、天才横溢、野心勃勃。

民间到处传扬着沮诵的事迹，说她是颉的秘密情人，却被颉抛弃。这显然是沮诵自己编造的故事，但它却令人信服，成为四下流传的小道消息，占领了人民的火塘。沮诵不仅富有，而且声名远播，俨然是地下字造运动的领袖人物。

从此，字造思潮分裂成颉所代表的光明系，人称"龟甲派"，以及沮诵所代表的暗黑系，人称"牛骨派"。

自从她的字造流入黑市之后，青丘国盗贼横生，鸡犬不宁。旧日的祥和已经不复存在。国王皋陶年事已高，无法正常管理他的领地。颉代他行使权力，颁布诏令，试图扭转民风颓坏的趋势，但没有奏效，直到忠实的弟子昆吾告诉他沮诵的秘密为止。

颉发现女弟子的背叛和罪行，他的生气犹如雷霆。他派人前去逮捕沮诵，搜出满满一个箱笼的贝币，以及藏在后院地窖里的胛骨文。

颉痛心疾首。在神庙的议事厅里,他大声斥责沮诵,说她不仅毁坏了自己的前程,而且还毁坏了一个王国的未来。

沮诵笑了:"亲爱的颉,那都不是我要毁坏的东西,我最想毁坏的是你。凡是世间我喜欢的宝物,我要么得到它,要么毁灭它,绝没有中间状态。"

颉流下了眼泪:"我不知自己有什么过错。为什么你如此恨我?为什么你要用毁坏人间来报复我的过错?"

沮诵说:"你错在爱上。你爱了一个不该爱的女人,又拒绝了一个应该向她献身的女人。"

颉恍然大悟。他看着沮诵,犹如看见了一个怪物:"我不杀你,你走吧,不要再回来。青丘国不再是你的家园,因为你已经毁掉了它。"

颉的士兵把沮诵带出神庙,押送到青丘国边界外的羌寨,在那里放逐了她。她怒气冲天,走进九黄的屋子,对他喊道:"我要报仇。"

九黄收留了沮诵,成为她的义父、情人兼掮客。

第二章　暗境

一

颉被沮诵的犯罪事件弄得性情暴躁。他每天都在屋里发脾气，摔瓦罐、陶片和龟甲，在器物瓦解的声响里愤怒情绪得到释放。过了几天，他又努力淡忘这个令人愤怒的事件，转回他的字造工程之中。

为了跟暗黑系竞争，颉必须加快自己的字造节奏，他不仅扩大会意字的领域，还发明了一种更灵便的字造方式，那就是"指事"，它只需在原字的基础上，加上一些简单的笔画，就能清晰地表达字意。他在木字根部加上一横，就创制了代表树根的"本"字；而在"木"的上方加上一横，就是代表树梢的"末"字。以此类推，颉的字造速度开始大幅提升。他又发明了"形"加"声"的字造方式，用代表固定语音的原字，与代表意义的原字组合，令字造范围变得无限大。

沮诵躲在走私者聚集的羌寨，继续创制暗黑系新字,并等待复仇的时机。

这天,她在羌寨的集市里意外看见了毛简。他目光闪烁,举止鬼祟,斜背着麻袋,在路边跟走私贩讨价还价。沮诵一眼就看穿了毛简的来意——他徒步几个小时来到此地,就是要走私他自己偷造的黑字。

沮诵上前亲切地跟毛简打招呼,翻检他的麻袋,看见十几个写在龟甲上的新字,技法与从前全然不同。她大吃一惊,逼迫毛简说出师长的秘密。毛简畏惧她会揭发自己的走私行为,只好告诉她,颉发明了指事和形声,并用龟甲向她示范了这种新奇的方法。

沮诵放走吓得浑身发抖的毛简,试着用形声法造字,并决定从自己的名字开始。她回到屋里,在"且"音上加三点水,造了"沮"字;又给"甬"音加了"言"旁,造了"诵"字。她从此有了可以书写的名字。她把这两字刻上玉佩,戴在脖子上。行走时,玉佩轻轻拍打着她高耸的胸脯,发出只有她本人能听见的悦耳叫喊:"沮诵,沮诵,沮诵!"

她知道,这是另一个颉在向她发出不倦的呼叫。

在喜悦之余,沮诵内心的嫉恨变得更深。因为她虽然造出大量新字,但颉才是所有方法的发明者,而她只是一个暗黑系的模仿者而已。她根本无法超越这个被天神遴选的男人。她对这种状况愤愤不平。

九黄看出了她的焦虑。告诉她一个刚刚得到的利好消息。他把沮诵的大多数暗黑新字，贩卖到三百里地外的岐舌国。那里的大王叫虎仲，是一个野心勃勃和酷爱战争的人物。他已经征服了四周七个方国，准备继续向东拓展，但青丘国横亘在路上，成为他的最大障碍；他垂涎那块丰饶的土地，一直在等皋陶的老死。对虎仲而言，青丘国仅有皋陶和他的神兽，是他所忌惮的。

虎仲借助走私集团得到来自青丘的新字，这些字多少能让他获得一种先进国家的感觉。他知道，除了城墙和青铜，字是其实现政治野心的关键通道，他要靠它来书写祭文、战书和法典。但字的采集进展过慢，绝大多数新字都被青丘国垄断。他决定重金招募造字师，想要终结被青丘人垄断的造字格局。

沮诵也被这个消息鼓舞，觉得是千载难逢的机遇。她热烈地亲吻九黄，仔细收拾好行李，带上那些刻有邪恶新字的牛胛骨，坐上牛车，向西边的岐舌国挺进，花了五天时间，才抵达有城墙的地方。

沮诵从未见过如此高大的墙体和门洞。仿佛由一些巨人所营造，青砖坚硬而细腻，散发出比岩石更有序的美学光辉。士兵手持玉戈在城门口盘查路人，看见沮诵的牛车，便鞠躬行礼，仿佛看见了圣女。沮诵的心情变得愉快起来。

岐舌城的居民，身形跟常人没有什么差别，只是长相有些古怪，具有浓烈的蛇族特征：舌头分叉，喜欢在言语间吞吐舌头；其中一小部分衣着华丽的贵族，还会对敌人射出剧毒液体。在白昼，他们喜欢待在家里取暖，夜幕降临后才开始活跃起来，上街行走，眼睛发出红光，背上的小鳞片熠熠闪光。他们是典型的夜行虫物。沮诵觉得，这种风俗，倒是挺符合暗黑系的法则。

沮诵在九黄的安排下，在当日夜晚觐见了国王虎仲。看见闻名天下的青丘国暗黑系美人，身材高大的虎仲不由得想入非非。他握住沮诵的纤纤手指，闻着她身上的玫瑰花香，以动人的言辞，向她做出各种承诺。沮诵被国王的热烈情怀打动，她把九黄打发回走私营地，自己则要在这里常住。虎仲为她建起了一顶华丽而温暖的羊毛营帐，由八名随身侍女伺候。

九黄神色黯然地离开了岐舌国，他知道，他跟她缘分已尽。他失意地走在返程路上，一瘸一拐，满脸都是无法洗去的苦痛。他爱上了这个无耻的女人，难以自拔。

虎仲请沮诵担任官方造字工场的总字造，日夜兼程地设计和营造黑字和恶字。沮诵就此加快了造黑字的进程。整个世界都在随她的字造而发生巨变。

她造出"奴"字，岐舌国的士兵开始抢夺战俘的女人，把她们变成奴隶；她造"囚""牢""刑"等字，岐舌国的恶吏，便把敢于妄议朝政者，像畜生一样关进囚笼，施以严厉的刑罚；她造"殺""暴""屠"字，国王的士兵便开始任意杀戮他们的百姓。由于这些恶字出现，岐舌国到处充满不公正、欺压、怨恨和暴力，灾难横生。字造形成的暗黑法力，日益强悍起来，已经势不可挡。但沮诵声称，这是营造盛世的代价，无须大惊小怪。

沮诵脱掉麻衣，穿上虎仲赠送的玉色绸衣，觉得世界正在欲望的繁殖中艳丽起来。她躺在蚕丝编成的软榻上，头靠牡丹花枕，从字造工场中央的高台上俯瞰，靠字符传令，指导那些辛勤工作的匠人。有时，她坐在秋千上，在巨大的摆动中寻找字造灵感。她的头发和绸衣在风中飘动，洁白的大腿像字词一样秀丽。虎仲躲在远处偷窥，被她身上的光芒弄得心猿意马。

一千名工匠杀牛，一千名工匠剔骨，一千名工匠为牛胛骨打磨上光，一千名工匠在牛骨上刻字，一千名工匠把有字的牛骨存入地宫，成为王国的珍宝和机密。还有一千名士兵守卫着这些珍宝，决不允许盗贼染指。沮诵满意地观看这一切，对这场字造军备竞赛充满必胜的信念。

虎仲没有被沮诵的色诱完全迷惑。他要的并非只是暗黑系的成果，否则，他的王国就会沦为三等流氓国家。他必须还要拥有全部光明系的成果，而且要让颉俯首听命，为他创制征服世界的超级文字。

虎仲走进高台上的羊毛毡帐篷，一边跟沮诵做爱，一边跟她讨论新的国际战略。他抱怨她只能在暗黑的深沟里行走，而无法像她的导师那样，纳入天神和光明的伟大元素。

沮诵喘着气为虎仲出谋划策，说应该以举办"赛字大会"的名义，邀颉赴会；等他到来之后，她便有把握让他屈服，替岐舌族造字。

虎仲笑道："还是沮诵有办法。你的导师若能为我服务，那么征服天下的大业，应该就在反掌之间了。"

沮诵故作娇嗔："虎王应该先征服我，再考虑征服他人。"

虎仲大笑起来，动员全身气力，向沮诵发起总攻。做爱用具虽然短小，跟国王的壮硕身躯不符，却闪闪发亮，不屈不挠，很像这个弹丸小国的狂妄性格。

这天上午在神庙的前厅，颉收到来自岐舌国王的信札，用他发明的文字，写在一张新嫩的芭蕉叶上，用黄色丝线扎着。打开一看，大意是请颉主持一个月后在岐舌国举办的"列国赛字大会"，来函也邀请妙一并出席。

颉踌躇再三，觉得这是弘扬字造精神的良机，不应错失，于是欣然应允。

送信人是一名面容清秀的少年，自称是岐舌国的王子狐正，他听见颉在给几名少年讲述字造的真理，听了一小会儿，便觉得受益良多，想拜颉为师，遭到颉的婉言谢绝。

颉说："作为王子，你不必学习造字，你只要学会用它写出正确的语句就行。王的语词，就是国的命运，你和你父亲都要慎重发布。"

狐正有些感动。他犹豫再三，终于说出口来："我父亲有一个阴谋，此去你可要小心。"

颉大笑道："我无权无势，两袖清风，再大的阴谋，对我只是小菜而已。"

狐正执拗地说："我送你过去，我也要送你回来。"

颉说："谢谢你的好意，我把它当作礼物接受了。"

颉就这样带着妙去了岐舌国。虎仲亲自前来迎接，盛赞他的成就，然后带他们进宫，展示从各国掠夺来的宝器。颉扫了一眼，看见黄帝亲自打磨的玉镜、禹治水用的规尺和矩尺、帝喾占卦的蓍草，以及尧烧制的彩陶罐子。他忍不住笑了："大王了得，这些世间宝物，居然都成了你的囊中之物。"

虎仲没有在意他的讽刺，继续向妙炫示大羿的弓箭、嫦娥的玉带钩和绣鞋、西王母的丹瓶，还有女娲补天时剩下的一堆宝石，诸如玛瑙、水晶和天青石之类。妙好奇地打量这些传说里的圣物，脸上露出无限惊异的表情。

沮诵突然出现在虎仲身后，她笑着对颉说："我的先生，我们又见面了，当初你把我赶出青丘，现在我却把你请到岐舌。我们之间的差别，为什么如此巨大？"

颉大吃一惊。他看了一眼狐正，这才觉得他的警告，不是空穴来风。

沮诵说："大会的事情，只是一个设想，还要看先生的表现再定。我想替虎仲大王做主，把先生留下，担任岐舌国的首席字造师。报酬是一个方国，有九座城池，八万人民。"

颉笑了:"我对这些毫无兴趣。既然没有大会,我们这就离去。"

虎仲的士兵拦住了颉的去路。沮诵伸手一把拉过妙来,朝她上下嗅了一遍,闻到了淡弱的青草味体香:"真是一个尤物,难怪颉如此钟情于你。"她掉头对颉说:"我想先把她留下,你不反对吧?"

一队手持玉戈的士兵上来,强行带走了妙。颉激愤起来,想要夺回自己的妻子,但十几支玉戈,凶狠地指向了他的头颅。

虎仲深表同情地说:"唉,我真不愿看到你的这种下场。这是你女弟子下的圈套,跟我无关。"

沮诵说:"你如果想要跟妙团聚,就必须为我造出超级文字。我没有先生的法力,只能在低端徘徊。我需要你来创造一个超级怪兽,助我的王征服世界。"

颉知道,沮诵是在用绑架妙来胁迫他,而他竟然轻信了虎仲的邀请。他垂下手来,轻声说:"好吧,我需要一个月时间。一个月后,我再次前来拜访,一手交字,一手交人。"

"这个恐怕不行,沮诵小姐会舍不得你的。"虎仲看着沮诵说。

沮诵走过去,轻抚颉的脸颊,妩媚地笑道:"你就在我这里住着,吃着,喝着,想着。在我身边,你会有许多灵感的。"

士兵把颉关进了坚固的囚笼。它由粗大的硬木构成,结满密集的蛛网。地上是一张肮脏的草席,上面留有黑红色血迹和其他各种污渍。他能够远远听见妙在大声抗议。她的骂声形成了回声,在他耳边萦绕。颉的心在怒不可遏地燃烧。

夜深人静之际,颉造出一个"锯"字,锯子便出现在草席旁。他用锯子去锯栅栏,但声音太大,被守卫的士兵发现。他们夺走锯子,在他身上抽了十鞭。颉又造了"刀"和"剪",却不知该如何使用。颉伤痕累累,心里充满了绝望。

早晨时分,颉刚刚昏然入睡,沮诵便出现在栅栏外面,穿着露骨的绸衣,笑盈盈地注视着他,满眼含情,浑身散发出浓郁的青草味。

沮诵在展示她通宵梳洗的成果。在闻过妙的周身气味之后,她决定用气味击败颉的妻子,夺回颉的爱情。她下令侍女安排一次精致的青草浴,她躺在注满温泉水的浴盆里,让侍女把青草汁反复注入汤水,帐篷里弥漫着山野杂草的香气,清新、单纯、天真,与春天的景象融为一体。沮诵在浴盆里睡着了,好像回到了婴儿时代。

但此刻,颉没有对她的气味做出任何反应。他只是嘀咕了一句"我想睡觉",便疲惫地闭上了眼睛。沮诵看着他身上的鞭痕,忽然有一种严重挫败的痛苦,她呆呆地站了一会儿,走到站岗的士兵面前,对他们说:"记得,这人很危险,只要他想逃走,就狠狠鞭打他,不要手软。"她带着更深的仇恨,离开关押颉的牢房,穿过长长的甬道,走向关押妙的地点。她要去折磨那个女人,让她生不如死。

在十二岁那年,颉就发现了一个怪字——"魔",由"麻"和"鬼"组成。"麻"不仅是发音,还代表与麻葛相关的巫术力量;而"鬼"则是世间的妖怪、精灵和亡灵。它们的合体将产生无法预料的后果。颉担心这是个可怕的恶字,就没有写出,而是把它藏在心里。但每隔一段时间,它就被强大的能量顶起,在模糊不清的梦境里重现,仿佛在做间歇性呼吸。此刻,这个字再次卷土重来,爬行于他的世界,像一只饥饿的蜥蜴,并狠狠地咬了他的脚趾。颉痛得大叫一声,从梦中醒来,浑身都是虚汗。他无奈地想,为了救妙,也许只能交出它了。

守在妙的囚笼外面的,是忧伤的王子狐正。他时常隔着栅栏跟妙交谈,被她的美丽容颜和忧郁气质征服,陷入内疚和自责之中。他要保护这个芬芳美丽的女人。他知道,沮诵一定会向她下毒手的。果然,沮诵带着满腔仇恨走来,向看管她的士兵下令,要鞭挞三十,作为对她的惩戒。

狐正见状起身制止说:"这是我们的人质,打死她,人质的作用就没了。"

沮诵说:"我不想杀她,我只是要让她尝到我的痛苦。"

狐正说:"你为什么痛苦?难道是因为她夺走了你的爱人?"

沮诵一时无言以对。她正要跟这位愚蠢的王子翻脸,远处响起敲击竹梆的声音,那是国王虎仲在向她发出召唤。她猜出了几分,心里一喜,丢下年轻无知的王子,袅娜而去。

颉交出超级文字的时刻到了。午夜时分,国王手持玉圭,启动了盛大的交字典礼。数百名舞者吐着蓝紫色的岐舌,在篝火里扬尘踏步,唱出意义不明的歌谣。呐喊声和鼓声惊天动地。闪烁不定的火光，映照出颉阴沉的脸庞。他站在用土石垒起的高台上，面对一张制作粗糙的松木大桌，上面放着一片硕大的海龟背甲，左右站着虎仲和沮诵。妙被五花大绑，押在台下的一片树荫里。只有颉能看见她流泪的样子，听见她急促的呼吸和啜泣。

颉抬起颤抖的手，开始用石刀在龟甲上刻写。每一刀都重若千钧，令他难以为继。他知道，这新字将创造前所未有的魔怪，令世界面临大难，但为营救心爱的妙，他已无路可退。

时间之神拖着沉重的步履，走过岐舌国的大地。颉刻完了最后一画。沮诵举起苍白的双手。全场突然静寂下来。颉垂下手，石刀落在地上，它发出的清脆的击打声，一直传到妙的耳里。妙心中一紧，知道这是抉择人类命运的时刻。她屏住了自己的气息。

突然，乌云密布，电闪雷鸣，大地起了浓重的迷雾，一个巨大的黑影，掠过典礼现场的上空。只有颉能用他的四瞳看见，那是长着宽大胸鳍的生物，犹如一只庞大的鳐鱼，背上和前胸各长着十二对鬼眼，身后拖着一条噼啪放电的巨尾。这时天上下起了裹着暴雨的冰雹，颗粒巨大，犹如鸡卵，还夹杂着蝙蝠、蟾蜍和老鼠。人们被打得头破血流。

跟当年颉发明文字时的场景不同,鬼神并没有哭泣,而人群却在发出疼痛的哀叫。沮诵在冰雹中继续高举双手,喊出犀利的咒语,向"魔"发出热烈的召唤。闪电照亮了她狂热而执拗的表情。

颉冒着迅猛的雹雨,满脸是血地向妙跑去,指望尽快救下自己的爱妻。但当他来到大树的位置时,妙已无影无踪,仿佛被什么东西掠走,大树也一并消失,地上只剩下树根被粗暴拔起后的土坑。颉站在大雾弥漫的雹雨里,万念俱灰。

二

虎仲迎娶了娇艳欲滴的沮诵,让她成为自己的王后。婚礼举办了十天十夜,篝火宴从岐舌国的都城,一直延烧到青丘国边境。成千上万堆篝火,排列成两百里的长队,远远望去,犹如蜿蜒的长蛇。人们围绕篝火跳舞、唱歌、烧烤和进食。这是另一形态的战书,它要逼迫青丘国王皋陶臣服。虎仲携带着新娘站在边境的山坡上,眺望他们日夜觊觎的土地,心潮澎湃。

婚宴终结之后，沮诵创制了"伐"字。她的岐舌国大军，挥舞石戈和石矛，翻山越岭地向青丘国发动攻击。青丘国的士兵也很勇敢，他们高举竹子制成的长矛和弓箭，奋力抵挡岐舌人的杀戮。双方展开血腥的混战。

沮诵站在牛车上，表情冷酷，穿着陶片制成的盔甲，猩红色的袍子在风中猎猎作响，姿容犹如来自天国的战神。她用"人""手"和"戈"会意成一个"殺"字，刻在牛胛骨上，置于盾牌之上，然后念出咒语。"魔"从天而降，用长尾毒针刺入牛骨，在天上大幅摇动。牛骨开始裂变，大量而迅速地繁殖，像雹雨一般落到地面，化为无数个手持玉戈的士兵。他们汇入岐舌国的战队，形成势不可挡的大军。青丘人心生惧怕，只能丢下竹矛望风而逃。

"魔"以优雅的波浪式姿势在天上巡游，它的鳍翼像裙边那样拍打着空气，长达数丈的红色尾巴发出闪电，袭击城市和村庄，人群在它的驱赶下四散溃逃。它掀起旋风，掠夺大地上的一切财物，推翻每一座城池。在夜晚，"魔"进而吞噬被赶到深山里的生灵，用剧毒的尾刺杀死他们，再以石臼般坚硬的牙齿，压碎他们的头颅、脊椎和肋骨。

青丘国军队被打得落花流水。国王皋陶没有颉的帮助，也得不到其他国家的支持，孤军奋战，终于不敌。独角兽"獬豸"也被"魔"打得落花流水。绝望之下，皋陶只能骑着负伤的坐骑，逃上高山，站在悬崖边上，用竹箫吹奏一曲《青丘》，向他的人民辞别。衰老的独角兽长啸一声，带着同样衰老的国王，跃向万丈深渊。

沮诵重返伏羲神庙，目视那些往昔的场景，百感交集。她下令把那些存放在图书馆里的陶片和龟甲全部带走，装满十辆牛车，然后放火焚毁神庙，把少女时代的青涩记忆烧成灰烬。残余的青丘族人躲到山里，在月黑风高的夜晚唱起哀歌，悼念青丘国的死亡：

有一个王国叫作青丘，
恶魔来了，青丘亡了；
有一个国王叫作皋陶，
恶魔来了，皋陶死了；
有一种族人叫青丘人，
恶魔来了，青丘人的心碎了。

趁父王和王后在前线作战，监狱看管废弛，王子狐正用美酒灌醉看守的士兵，偷偷释放了颉。狐正告诉颉，自从那个创造"魔"的夜晚之后，妙就一直下落不明，估计是沮诵把她藏在某个秘密地点。他反复打探，却毫无结果。

颉只能带着仇恨和悲伤独自逃亡。他已经满脸胡须，化装成一个衣衫褴褛的乞丐，无人能辨认出他的真容。他拄着竹杖，向他的祖国走去，一路上看见逃难的人民。他们面带悲苦，唱着王国的歌谣，说出皋陶的噩耗。颉绝望地坐在路边，放声大哭。他知道，由于他造"魔"的罪过，世界已经走到尽头。

虎仲和沮诵班师回朝，旌旗猎猎，黄尘滚滚，士兵们迈着轻捷的步伐。人们在路旁目视他们，敢怒而不敢言。但岐舌国却沉浸在巨大的狂欢之中。虎仲掩埋自己士兵的尸体，又杀掉一千名俘虏，用他们的头颅祭神。鼓声震耳欲聋。魔兽在天上巡弋，各国都派出使臣前来祝贺，虎仲向他们宣布，青丘国已经成为记忆，历史正在翻开全新的篇章。岐舌国的爱国者们，发出了惊天动地的欢呼。

沮诵去检查她的监狱，发现颉已经逃走，牢房里空空如也，只有那张肮脏的草席，躺在微弱的光线里，散发出令人窒息的臭气。沮诵先是狂怒，继而坐在草席上，轻抚那些破洞和草秸，泪流满面。她憎恨这个背叛和逃离他的男人，并因无法得到他而感到沮丧。她是伟大的女神，难以承受这挫败和剧痛。

沮诵怀疑是狐正的作为，她对虎仲说："王子不孝，放走了我们的敌人。你必须对他有所惩戒，否则，我们将失去威权。"

虎仲于是派人叫来狐正："你必须为你的行为负责。既然你站到了敌人一边，我只能解除你的王位继承权，把你派到青丘，管理那些刁民，并在那里自我反省。"

狐正未做任何辩解。他知道，这是他应该承受的责罚。无论如何，这些事情因他而起，就要在他这里结束。他在士兵的押解下沉默地离开。虎仲有些意外，他看着儿子毫不畏惧的背影，心里起了更大的疑心。

他对沮诵说："王子已经走了，你是我的公主，你才是我的第一继承人。"

站在虎仲身后的沮诵，搂着他的脖子，耳语般地柔声说："大王，我只是你的甜心而已。"

沮诵从踌躇满志的虎仲身边走开，脸上洋溢着幸福的笑意，心里却怀着对颉的满腔思念和仇恨。她独自转上山坡，走进一个被灌木遮蔽的山洞。那是她藏匿妙的秘密牢房。她想要对妙实施手术，割下妙的四肢，以此向颉发出最激动人心的挑战。

在长满青苔的阴冷洞穴里，沮诵对坐在麦秸上的妙说："我是颉的爱徒，你是颉的爱妻，今天，我想帮你做个手术。"

妙冷然道："你不是他的爱徒，你是叛徒。"

沮诵笑了："是的，男人最爱的，不是忠于他的女人，而是敢于反叛的女人。你这种小女人，不过是他的累赘而已，他的大业，终将因你而毁坏。"

妙说："你才是毁他大业的坏人。你毁掉了他的家园。"

"现在，我要用手术来制止你将带来的伤害。"沮诵拔出了磨得无比锋利的玉刀。

妙看着这个因嫉妒而疯狂的女人，缓缓闭上眼睛，决定坦然接受酷刑。此刻，经历过那些惊恐、悲哀和寒冷的黑夜，她已经无所畏惧。

有人在附近大叫了一声，沮诵持刀的手哆嗦了一下，垂了下来。她回头去看，国王就站在洞口，高大的身影挡住了光线。此前，他猜出她的心思，带着侍卫跟踪而来，及时制止了王后的暴行。

侍卫走进洞来，把两个女人带到阳光底下。

沮诵说："我要以王后的名义,对她实施肉刑。因为她是岐舌国的最大威胁。只要她在,颉就会卷土重来。"

国王眯着眼,看着亭亭玉立的妙,皎洁的肌肤,在衣不蔽体的破洞里呼之欲出。他的眼神里掠过了热切的欲望。他决定要纳取这个女人做自己的嫔妃。"这个女人必须继续充当人质,直到我们抓住侯岗颉为止。"

沮诵看出了国王的企图:"我看你不是要人质,而是要妾室吧?"

虎仲说:"这是一种策略。我们需要更聪明地操纵这个世界。妙是颉唯一忌惮的人。我担心他会造出新字来对抗我们,我要用妙来阻止颉的报复。"

虎仲下令带走妙,把她投入后院的密室,置于自己的严密监护之下,不许沮诵靠近。一队贴身侍卫负责看管她。虎仲还要求他们提供洁净柔软的床榻和最好的食物。

妙越过粗大的木栅栏,看了一眼表情沮丧的沮诵,笑了:"不要丧气,以后你还会有杀我的机会。"

沮诵怒气冲冲地扭头走开了。她不想让对手看见自己受挫的样子。

国王开始颁发新的诏令,让刺客团全体出动,寻找颉的下落。两个时辰过后,九十九名杀手带着武器,像聋哑人一样沉默地踏上了征途。他们的衣着完全一样——光头,蓑帽,麻衣,草鞋,蛇首刺青,黄玉短刀,仿佛出自同一个母本。

颉步履艰难地回到了青丘故国,回到他自己的神庙,见它只剩下被烧毁的废墟,除了几根矗立在瓦砾中的残柱,一切都荡然无存,就连伏羲神像都被击碎。他回到家里,发现屋子也被烧毁,一只蜥蜴惊慌地爬过妙用过的瓦罐,躲进了碎瓦片的阴影里。他再度回到学宫,那里也只剩下几片残壁。弟子们都已逃散,只有一个年轻人在废墟里哭泣,那是他的第一个弟子昆吾,脸上带着泪痕、污痕和火焰烧灼的伤痕。

青丘国已经覆灭,颉无家可归。昆吾保存了一小麻袋龟甲,这是他们最后的武器。他们将带着这个小袋子继续流浪,寻找改变和修复的道路。

颉先用"禾"与"口"创制了"和"字,但和平并未降临。他又以"止"和"戈"创出"武"字来制止兵戈,也没有生效。他还发明了"妙"的孪生字"好",想要借此打听妙的下落,也没有成功。颉知道,神性已经从他身上悄然溜走。

昆吾说:"青丘国的失败,都是因为那个巨大的'魔'怪,大家都觉得它一定是字造的结果,猜那一定是沮诵的手笔。"

颉无言以对。他吃完讨来的黄米饭,在陶钵里搜寻残剩的黍粒,保持了掩饰性的沉默。

"大师应该造出一个更强大的战斗型神兽来。"昆吾满含希望地建议说,"那是我们复国的唯一机会。"

颉懂得这个道理,但他没有这方面的任何灵感。"魔"是他少年时代的幻象,一种无法复写的稀有事物,而要创制比"魔"还强大的神兽,更是不可企及的幻想。伏羲馈赠他的神性,已经被悔恨与思念压垮,令他犹如行尸走肉。

颉带着昆吾沿黄河向上游逃亡,他的食量倍增,每天都忙于乞讨和觅食,沦陷于低级欲望的深渊而难以自拔。他已经不再是那个创造一切的字神。他站在河边,默然注视自己的水中倒影,怅然想道:看哪,你这没有灵魂的东西!为了自己的女人,出卖了这个世界!

昆吾用怜悯的目光注视着大师的衰变。他知道必有一种力量能让他复苏,但他不知道会是什么事物。他握着大师的手说:"我对你有信心。我们大家都在等待。"

颉看着自己的弟子，身心俱疲地说："我……恐怕已经回不去了。"

在行乞逃亡的路上，颉被狗撵过，被蛇咬过，还被黄蜂蜇过。他替农夫看田，替农妇耕地，还替孩童把尿；为了求得一口饭食，他甚至学会吟唱和表演，也学会了采集野菜，在山里狩猎——用尖锐的竹枪，刺进山猪和狍子的后背。

翻过九十九道山岗后，在一个叫作白水的地方，颉终于病倒了。他躺在李树下，像阿嚏一样说着梦呓，进入谵妄的状态。昆吾背着这具瘦弱的躯体，走了二十里山路，再也支撑不住。这时，一个扛着石镰的哑巴农夫走过，见他们可怜，把他们带回自己的部落"蚁庄"。昆吾看到，光线黯淡的圆形茅屋里，安静地坐着农夫的盲眼妻子和一对哑巴儿女。他们起身接待不速之客，为他们烧水打饭，上山采集草药，欢天喜地地忙碌起来。

颉在草席上躺了十天十夜。盲女和昆吾每天都给他喂药，让他渐渐摆脱了噩梦的纠缠。他开始苏醒过来，逐渐能喝下粟米熬制的浓汤。他用虚弱的声音对盲女说："谢谢你救了我们。"盲女笑了："你俩是山里捡来的小狗，我会好好喂养的。"

盲女打来热水给颉洗脚，摸着他的脚说："你的脚像女人一样小巧。"她接着去摸颉的手:"你的手像细麻布一样柔软。"她又起身去摸颉的脑袋:"你的脑袋圆圆的,像满月时的月亮。嗯,你根本不是人类。"盲女惊奇地下结论说。昆吾在一边掩口而笑。盲眼的农妇用手识破了颉的行藏。

热力从脚底的水里涌起,迅速升到头部,令颉的周身都变得温暖起来。盲女的手在他身上按摩,他闭上双瞳的眼睛,感觉那是妙的手在抚慰他的灵魂。是的,他是身患绝症的病人,需要来自盲女的疗愈。她在替妙行道。

在哑巴农夫家里,他们住了近一个月时间。盲女不仅会摸骨,而且擅长占卜。她捉来一只公鸡,在念过咒语之后,当着颉的面剖开它的肚子,让暗绿色的肠子堆在地上,根据它的形状为颉算命,说他是天神之子,却背叛了神意,所以要遭受惩罚。但他将因一个善举而重回神的帐下。他的妻子终究能回到他身边。颉苦闷、焦虑,辗转反侧,被无法抗拒的失眠捆绑。

这天午后,天气转热,大地上的众生都有些慵懒,就连农夫们都在田头午休,除了虫鸣,万籁俱寂。七名光头杀手,突然出现在附近的农舍前,蓑帽,麻衣,草鞋,蛇首刺青,黄玉短刀,挨门挨户地盘查,语词粗暴而嚣张，吆喝的声浪在房舍之间回荡。

颉和昆吾在屋里保持了镇定的表情。但盲女灵敏的耳朵，听到颉的呼吸变得急促，昆吾的汗水滴到了地上。她知道，巨大的危险正在迫近。她果敢地站起身，让昆吾带着颉从后门逃走，藏到村边的坟场里——那里埋葬了无数被岐舌族杀死的村民。估计他们走远后，便用火镰点燃屋里的柴堆，然后跑出屋去，开始大声呼救，以转移杀手的视线。

村民们看见升起在天上的黑烟，提着水桶赶来营救，但茅屋很快就被巨大的火焰吞没，屋架轰然倒塌，现场看起来一片狼藉。杀手们旁观了一阵火焰的狂欢，发现一无所获，只能掉头离去。

哑巴农夫从田头跑回来，看见妻子在废墟里捡拾残剩的用品，懊丧得捶胸顿足。哑巴儿女坐在地上放声大哭。他们的木头玩具都已化成灰烬。村民们拿来一些富余的衣物和用具，试图接济他们，却遭到盲女的拒绝。她来到颉面前，对他悄声说："现在，轮到你了……"

颉望着被大火焚毁的家园，取出龟甲来，在上面刻下新创的"舍"字。从大火的余烬和白烟中，一座更大、更新的方形草房矗立起来，松木的梁柱坚实而稳固，屋顶在阳光下散发出干草的香气，光滑的篱胆泥墙上，绘有一个很大的"吉"纹，只有昆吾认得，那是颉的秘密标记。颉坐在两个哑巴小孩身边，替他们用杂木雕刻了一对小木马，它们能在地上独自行走。透过他们惊喜的表情，他看见了自己沉默而闪亮的童年。

村民们看见这个奇迹，奔走相告说："那就是颉，伟大的颉回来了。我们有希望了！"喜讯像风一样在田野里飞行，不胫而走。

颉站在山峦上，眺望他的人民、土地、水车、房舍、道路，以及死难者的坟堆，不禁热泪盈眶。他知道，因为一念之善，他恢复了字造的神力。

颉在蚁庄继续养病，他要利用这暂时宁静的岁月，写下世间第一份完整的文书，讲述青丘国史和皋陶王的事迹。但文字的品类还不足以支撑他的叙事，他于是发明了租借同音字的方式，把句子逐一刻在十二片龟壳上，最后用细麻绳将它们编缀起来，做成世界上第一本龟书。昆吾知道，颉已经穷尽了字造的全部方式。他小心藏起颉刻写的全部龟甲，开始构思未来战略，准备追随颉去战斗。

大病痊愈之后，颉独自动身，沿洛水向东，一直来到黄河交汇处。他遍访那些民间贤者，包括伶伦、奚仲、岐伯、素女和广成子，从他们那里学习音乐、造车、医学、文学和哲理。他住在黄河边的棚屋里,跟三位艄公促膝谈心。他们是不愿透露姓名的隐士,掌握了观察河汉星象和山川堪舆的秘法。颉向他们致敬,并虚心讨教。他被告知,星象正在发生巨变,人间进入了末世。由于文字的出现,旧世界即将死掉,而新世界的大门已经开启,但没有人能预见到它的吉凶。

黎明起身准备渡河时,颉看见河里爬出一只巨大的乌龟,缓慢地向他爬来,仿佛在穿越漫长的时光。颉可以清晰地看到,长满苔藓的褐色背甲上,刻着一些神秘的白色符号,由不同数目的圆点构成,仿佛是语义玄妙的图阵,跟黄河的造型有某种相似之处——呈现为一种左旋或右旋的形态。大龟绕着他爬了三圈,然后笨拙地爬回水里,消失在湍急的河流之中。

当夜颉在渔父家借宿,枕着河水的涛声进入梦乡,而龟背上的圆点图阵再次浮现,幻化为一个奇异的"龍"字。它带着帽冠,巨蟒一样的身躯,前端长着一对向两侧伸出的利爪。整个身子呈现为竖起的S形,以一种左右游动的蛇行方式,遽然腾飞在天空,犹如巨大的闪电。颉吓了老大一跳,从梦里惊醒。颉找出身边最后一片龟甲,在上面刻下了"龍"形的镜字。当时,天上电闪雷鸣，仿佛暴雨将至，但在他刻写完之后，竟然又乌云散尽，大地变得静谧下来。颉以为自己造字再度失败，心里为沮丧的情绪所左右。

但颉还是决计实施复兴计划，他步行八天，返回蚁庄，让在那里等候的昆吾，去联络那些逃散的弟子。昆吾冒着酷热，赤着脚在高粱地里奔走，用写有"反"字的木牌，传递颉的号令。

颉还活着的消息，迅速传遍四面八方。弟子们闻讯从各地赶来，聚集在他身边。那些图谋革命的志士也前来投奔，宁静的村庄开始喧闹起来，毛竹制成的长矛耸立起来，像茁壮成长的丛林。九黄是最后一个投奔蚁庄的战士，他背着一袋龟甲，怀着失去沮诵的满腔疼痛，蹒跚地走进颉的院落。

毛简从昆吾那里获知颉的消息，但他没有跟其他同学一起前往蚁庄，而是掉头向西，来到岐舌国，向沮诵出售情报。正在进行玫瑰浴的沮诵，神色变得兴奋起来。她所期待的时刻终于到了。她扔给毛简一小袋银子，像扔给狗一根骨头。毛简紧紧抓着钱袋，脸上露出幸福的笑意。

沮诵率领岐舌国的五万陶甲大军，坐上从西域缴获的驷马战车,向青丘国故地奔驰而去。她踌躇满志,指望尽快抓住颉,将他和妙一起杀死,并用他们的头颅向神献祭。她的黄色旌旗上书写着"岐""仲"和"诵"黑色字样。虎仲目送着她离去,转身走进妙的牢房。

受惊的土狗发出狂吠,野猪成群结队地翻过山坡,岐舌大军越过白水,将蚁庄四周的山峦团团包围,把鼓擂得惊天动地。"魔"也飞临蚁庄上空,像巨鲨那样在云层上游弋。村民们吓得面无人色,以为第二次大难临头。沮诵派人送了一块牛骨,上面刻写着对颉的警告:"只要你立即投降,你的人民就能免受杀戮之苦。"

颉拿着充满威胁的牛骨,闻到了沮诵的芬芳气味。尽管这是最后的决战,而他没有任何获胜的把握,但他还是拒绝了沮诵的劝降。他交给信使一片龟甲,叫他带给沮诵。沮诵惊奇地看见,龟甲上一片空白。她突然明白,颉在嘲笑她,说她将空手而归。

沮诵勃然大怒。她走出营帐,高举双手,向军队和"魔"发布攻击命令。"魔"开始用巨尾电击大地,蚁庄的房舍纷纷倒塌。昆吾指挥农民军举起竹枪,它们密集地刺向天空,令"魔"无法贴近大地。就在这时,一条人们从未见过的蛇形巨兽,带着一对锐利的前爪和金光灿烂的鳞片,突然出现在浓云密布的天上。颉喜悦地笑了。他知道自己的字造已经成功——那是他塑造的"龍"斗士,它将引领人民走向胜利。

"龍"跟"魔"在天上展开激战,彼此用火焰和闪电击打对方,一时难分胜负。颉试着创制了一个"尾"字,把它跟"龍"字放在一起,事情便开始起了变化:"龍"尾陡然变得粗壮有力,它缠住"魔"尾,将其拖拽到地上,又拉向天空,犹如在摔打一条鳊鱼。"魔"无法经受这样的打击,开始发出哀鸣,周身流出绿色的脓血,然后坠落在尖锐的山峰上,被刀削般锋利的岩石,刺穿了扁平的躯体。颉清晰地看到,它在迅速缩小,最后还原为一片龟甲,掉落到山崖下面。

颉在杂草丛里找到了龟甲,那是沮诵逼迫他刻写"魔"字的工具,只是上面多了一个破洞,有只金甲虫在上面爬行,俨然是它的新主人。颉赶飞了金甲虫,把龟甲仔细擦拭干净,藏进自己的衣兜。

战场上传来沸腾的人声,那是为胜利而发出的喧嚷。牵牛、芍药、鸡冠和扶桑花开遍了山野,野鹿和山羊飞快地掠过草丛。他独自坐在坡上,为各种往昔的记忆所缠绕。外婆在朝他微笑,阿嚏在树林里嬉笑,而妙就站在自家门前,风姿绰约,含笑向他招手。此刻,他最重要的三个女人都已离他而去。他虽然获胜,却一无所有。他开始偷偷地哭泣起来。

人民的起义开始了。颉和昆吾率领杂牌大军,向岐舌国进军,"龍"在天上助阵,他们所向披靡。岐舌人开始大面积溃逃,四处躲藏,而青丘人在漫山遍野地追捕。场景变得混乱可笑起来。

颉的军队兵临城下,都城的大门已经被人打开,高大的城墙变得毫无意义。岐舌王虎仲看见了失败的结局。他派人去找自己的王后,却发现她早已经逃之夭夭,就连他的贴身侍卫,都已不知去向。他绝望地瘫坐在王座上,等待末日降临。

宫门被哐当撞开了,发出巨大的声响。颉带着士兵和阳光走进他的殿堂。

颉对虎仲说:"我们又见面了。时隔八个月,世界天翻地覆。"

虎仲说:"算你运气好,你赢了。假如能放我一条生路,我就永远消失,不再回来。"

昆吾说:"你屠杀人民,罪大恶极。你将被囚禁在你自己打造的刑房里,直到死去为止。"

虎仲瞬间崩溃了。他无法面对可耻的失败。他从敌人的士兵手里夺过玉刀,把它刺进自己的肚皮,然后倒在地上，怒气冲天地看着敌人扬长而去。经过一个多时辰的痛苦抽搐，燃烧在瞳孔里的火焰才徐徐熄灭。

沮诵假扮成九黄的模样，身披粗麻衣，独自踏上逃亡的道路。她满眼含泪，辞别她的王宫、权力和梦想。她知道，从此她将隐姓埋名，成为地下世界的老鼠，无法在阳光下面走动。但她还有一袋牛骨，她将找出更多的暗黑系新字，毒化这个世界，让自己得以卷土重来。她要去寻找失踪的九黄，把那条野狗重新拴回自己脚边。当然，她最大的悔恨，是没来得及结束妙的性命。

颉找到关押妙的牢房，亲自打开牢门，走进囚室。妙的眼睛在黑暗里闪闪发亮，犹如一对星星。外面交战的动静很大，她已经猜到变化即将到来。但看见颉之后，还是忍不住抱住他的脖子，喜极而泣。颉温存地亲吻她，替她脱下囚服，披上沮诵的绸衣，牵着她的小手，带她走出岐舌王宫，双双出现在王城的广场上。这时民众开始狂热地欢呼，彼此拥抱，在街道上跳舞，庆贺这个伟大的时刻。这是解放和自由的时刻。"龍"在天上盘桓，庇护着人类的新生。

昆吾和义军的代表举行会议，请求颉担任新王，颉反复推辞，会议拖延了三天。在第四天的中午，颉被妙说服，终于同意了众人的请求。昆吾走到广场上，向民众宣布了新王的诞生,名为"仓帝",意思是"粮仓的统治者",妙成了他的王后。颉站在高台上,双瞳放射出天神般的光辉。人们放弃了自由散漫的状态,像虫蚁一样匍匐在地上,屈从于这个新的权力偶像。他们甚至不敢正视妙的美貌,害怕用眼睛亵渎这世上最美丽的王后。

为纪念这场伟大的胜利,仓颉又造出"鳳"字。天上随即飞来华丽柔美的凤凰,带着长而飘逸的尾羽,上面还有圆形的彩斑,与强悍的巨龙共舞。颉再次唤醒沉睡的"明"字,让太阳和月亮同时出现于苍穹,放出巨大的光明。但民众的头垂得更低,不敢抬头仰视和接受光明。

颉望着这全体跪拜的场景,悲喜交加。眼睛被刺瞎的"民",是当年沮诵的杰作,而"跪"字则是他本人的创造。他沉浸在权力的荣耀之中,却又无法摆脱对盲从的民众的厌倦。他一言不发,拖着妙走下高台。马车很快驰离了庄严的现场。昆吾起初有些困惑,但他很快就打起精神,努力把仪式进行到底。

颉把王后按在榻上,正要对她实施国王之礼。妙表情平静地告诉颉,虎仲曾经多次强暴她,而她之所以没有自杀,是在等待这重逢的时刻。只有颉能决定她的

第二章 暗境 | 71

生死。颉听罢妙的故事，痛苦得浑身颤抖。他知道，"奸"这种事物，正是弟子沮诵的暗黑杰作。

妙安慰颉说："来吧，我的国王，忘掉那些不愉快的记忆，让我们来造孩子吧。我们要有很多很多孩子，等他们长大，到各地去管理他们的人民，我们就可以高枕无忧了。"

颉渐渐从痛苦中平复下来，轻拍着妙的肚子，对她耳语说："那样他们会忙死的，比国王和王后还忙。"

妙瘫软在他身上，犹如一件无限柔软的披风。

远处，人民在昆吾率领下高喊口号，铿锵有力。仪式似乎已经进入高潮。

仓帝任命昆吾负责管理国家和各级官员；任命奚仲负责制造交通工具；任命后稷主持农业；任命夏鲧负责建造新的城墙；任命岐伯为最高医官，负责民众的健康；又任命狐正担任图书馆长，负责整理文字和书写历史。一个新的国家就此诞生。

颉知道龟甲、牛骨和陶版都是易碎品，所以亲自发明了"铜"字，随即发明了青铜铸造技术，发明了各种类型的青铜器。他要把所有文字铸进铜器，以铭文的方式，成为永恒的记忆。性情懦弱的毛笔前来投奔颉，跪倒在他面前,声泪俱下地说出忏悔之词。颉宽恕了他,派他去负责竹简和毛笔的推广运用。

但颉的字造运动已经失控。虽然祭司们开始用龟甲占卜,企图拉近跟神的关系,但黄金时代已经凋谢,虽然粮仓里的谷物日益丰盛,人心却在腐烂和变质,人世间充满各种难以预料的灾难。颉为此颁发过几十道命令,禁止世人使用暗黑系文字,但收效甚微。那些坏字躲藏在人间,被走私者贩卖和复写,像风一样四下传播,变得不可阻挡。颉告诉妙,文字是龙与魔的复合体,它推动文明,也埋下人类灭亡的种子。即便是龙凤之类的光明系正字,都无法避免暗黑化的命运。颉于是藏起自己做坏的字,以及少量被回收的坏字。他命匠人制作了一个精巧的青铜匣子,把刻有坏字的龟甲锁进匣子,不许任何人触碰。

在颉临终时,九个儿子都去了远方,只有妙一人随侍在他身边。午夜的梆子敲响了,正是油尽灯枯的时刻,颉从昏迷中醒来,把妙叫到自己身边:"妙啊,我要走了。我有最后一件事要交代你。"颉指点妙取出存放坏字的铜匣,并告诉她,里面不仅有暗黑系的"魔"字,还有光明系的"龍""鳳"。颉要妙务必销毁铜匣，以免祸害人间，因为在他死后，再也无人能驾驭和抵抗这些巨兽。妙流着眼泪，答应了颉的最后请求。

颉呼出最后一口气时，看见了阿嚏和外婆，她们站在通往另一世界的大门口，手里拿着他的龟甲，表情愁苦。颉知道，他的成就并未给她们带来喜悦和幸福。他的灵魂拖着那些带字的龟甲，爬行于肮脏的大地，重得无法飞升起来。

颉的葬礼场面奢华，犹如一场盛大的庆典。各国都派来使节，对着他的灵柩，说出最高的赞誉。没有人能够超越他的功绩，无论尧舜，还是大禹。满头白发的师襄坐在颉的墓前，演奏琴曲《字造》，幽怨而旷达的琴声，触动了世界的心弦。人们开始哭泣，一直哭了三天三夜，太阳从西边升起，星辰像雨一样陨落，就连黄河水都在倒流。

妙早已满头白发，但声音悦耳，肌肤仍然像个婴儿。她吩咐一名贴身侍女驾车带她进了深山，堆起树枝，点燃篝火，准备执行颉的遗嘱。但就在把铜匣扔进火堆的瞬间，妙突然反悔了，她熄灭火焰，把匣子带回城里，藏进卧室里的夹墙。她坐在黄昏的光线里，轻抚颉睡过的被褥，还有他留下的龟甲残片，心想，总有一天，人们会需要这只匣子。

第三章　奇妙

一

就在仓颉大帝去世的三年前,暗黑系文字的头号走私犯九黄,在羌人地盘上建起了自己的弹丸小国——胛,以牛胛骨命名,又名胛羌。它只有方圆二百里地左右,中心是一座叫作"胛"的城池,由三千多个贩卖黑字的走私者构成,四周是拱卫它的山野、河谷、田地和数千个农夫家庭。当年的头号字枭,终于实现了自己的称王之梦。这是一个梳着九十九根辫子的古怪男人,脸上有道可怕的刀疤,走路一瘸一拐,脸上永远带着苦大仇深的表情,身边还有九个貌若天仙的妻妾。而现在,他的脸上漾起了称王称霸的笑容。

复兴青丘国并灭掉岐舌国之后,仓颉允许那些曾经支持帮助过他的野心家们,去打造和经营自己的小国。除了九黄建造的小国"胛羌",四周还有虞、夏、仍、穷、扈、缙、鬲、莘和鬼方等。它们珠子般散落于中原大地,构筑了仓颉时代的政治版图。

仓颉昔日的女弟子、暗黑系字造师沮诵，听到九黄东山再起的消息，就化装成一个肮脏的乞丐，一路要饭来到胛国，打算重新投入旧情人的怀抱。这天，九黄正骑着毛驴从街市上走过，沮诵突然上前拦住了国王的队伍。九黄正要开口大骂，忽然从披麻布的女人身上，嗅到了一种熟悉的芳香。他大笑三声，从驴背上翻身跃下："你这臭娘儿们，让我想得好苦！"

沮诵掀起破麻布盖头，露出美艳如花的面容："小女子给父王请安。"

九黄抚摸着她柔滑的脸蛋："我以为你死掉了。可你居然没死，而且还变得越发美丽。你究竟是人，还是妖精？"

沮诵直视九黄，眼里满含哀怨："都怪父王，把我忘得一干二净，让我沦为一个乞丐。"

九黄冷笑道："当年我没有负你，是你跟虎仲苟且，引发一场大战。现在虎仲已死，你失去靠山，只能回来找我。你说我是该惩罚你呢，还是该放你一马？"

沮诵微笑不语。侍卫们迅速围拢，裹挟着她进了王府。

九黄猛然掀掉麻布，反复端详半裸的天才字造师沮诵，心里的怒气已经散了大半："好吧，念在我们曾经恩爱一场，我就放你一马。但你若是再次背叛我，我就要取你的小命。"

沮诵妩媚地一笑："像父王这样的心肠，哪里会对我这样的落魄女儿下手？"

九黄坐在铺着高山雪豹皮毛的王座上，又仔细打量了一番沮诵，突然大叫一声，跃下宝座，把沮诵压在身下，要行那好事。沮诵半推半就。九黄冲着侍卫们大叫一声："转过身去，不许回头！"然后剥掉沮诵身上的最后一点衣物，很暴烈地做起来。事毕之后，九黄用豹皮潦草地擦了一下身子，大声宣布说："从今天起，这个女人就是我的妃子，你们要像服从我那样听从她的命令。"侍卫们这才转过身来，看见女子裸着白皙饱满的身子，脸上露出女神般的胜利表情。

沮诵就这样成了国王的第十个嫔妃。她从容地穿好衣服，声音无限平静："父王，我要继续用牛胛骨造字，我要五千头水牛，一万片胛骨。"九黄爽快地答应了她的请求。他知道，这女人会给他带来新一轮的财富。战争结束之后，暗黑文字非但没有被取缔，反而因人们的渴求而变得更炙手可热，每个新创文字的黑市价格，已经高达十两白银，活态的新字更是卖出了天价。沮诵的出现，刚好填补了胛国字造业的空白。

但新王妃只是在启动自己的复仇计划而已。她不仅要安抚干爹九黄的征服欲望，还要继续研制暗黑系文字，并启用秘术去谋杀她的挚爱——仓颉。既然她得不到那个男人，她就要彻底毁灭他。更要紧的是，她要借助他的死亡，去打击那个万恶的仇敌——妙。那个无耻的女人，不仅占有本属于她的男人，而且还在向全世界炫耀自己的战利品。她为此痛彻心扉。

这秘术来自遥远的南方，由一位朱雀神的祭司所传授。他告诉她，每天在月光之下，把仇人的名字刻写在牛胛骨上，然后击碎这片胛骨，这样过了一千日之后，对方就会周身骨头粉碎而死。

沮诵坚信这种巫术会创造奇迹。每天深更半夜，她都会起身爬上屋后的山坡，面朝月亮，眼望青丘国，用意念觉察仓颉的存在，甚至觉察他的表情、言语和呼吸，然后手持铜刃，满怀仇恨地刻写"颉"字，把仇恨的意志注入字里，又举起铜锤，满怀仇恨地将其击碎，然后把破碎的文字扔下黑暗的山谷。那里是大面积的牧牛场和屠牛场。牛群在不安地谛听，发出低低的哀鸣，仿佛已经预知了自己被屠宰的命运。

二

仓颉大帝努力推进他的农耕技术。他从西域引进小麦、大麦和燕麦,又借助"犁"字发明了金属犁具,让黄牛来加以牵引,借此改造农夫的田头作业方式。他的尹相昆吾发现了铜矿,征用西域铜匠来铸造仓颉发明的铜器,并展开国际贸易,使青丘国迅速成为最富有的国家。昆吾响应仓帝的号召,热衷于把龟甲文字直接熔铸到铜器上。他说,唯其如此,文字才能成为不朽的事物,跟诸神同在。

虽然有奚仲、后稷、岐伯和狐正这些官员,但妙是青丘国的垂帘女王,精心辅佐着他的大字造师夫君,不敢有丝毫的懈怠。她对麦子和青铜毫无兴趣,一直追随夏鲧学习营造术,终于成了一名土木工程师。夏鲧死后,她在世界各地征召了一千名瓦匠,用黄釉陶砖建造起仓颉神庙,又用青铜浇筑了一座仓颉的神像,高达十五丈,几乎成为青丘城最雄伟的建筑物。

她还设计了高大的城墙,并且亲自监督它的营造。它由三十万块青砖垒砌而成,高达十丈,绵延长达二十里地,外面还有护城河环绕,加上吊桥和铜皮硬木大门,令青丘城成为一座固若金汤的铜城。

全世界都在传颂这个中原国家的富有和荣耀,朝拜它的僧侣、学士和游客络绎不绝。商人们指望能从这里获取传说中的"五金"——金、银、铜、铁、锡,当然还包括银白加淡蓝色的锌石。哲学家赶紧修订他们的四元素法则,保留原先的"地""水""火"三元素,然后用庄稼和金属置换了"空",分别叫作"木"和"金",由此形成五元素的世界架构。一场前所未有的哲学大会在青丘国举行,各地的祭司哲学家都赶来赴会,他们发表的联合声明宣称,世界正在被意念和文字大规模地发明出来,而哲学必须追赶这个伟大的时代。

哲学大会刺激了青丘国的民众,大家都以为盛世已经降临,就连妙都对此深信不疑。她对仓帝说:"看哪,我的颉,我们创造了一个全新的世界。"正在沉思的颉,感到骨头酸痛,浑身无力。他勉强抬起头来,露出附和的微笑:"妙呀,你的筑造术,超出了我的字造术。"

妙露出了痴迷的眼神,她抚摸着颉青筋暴露的手背:"等我们老去的时候,不知这世界会变成什么样子。我真想现在就看见它的模样。"

贩卖谷物的商人从胛羌那里过来,说是在街头看见了沮诵,她已经成为国王九黄的王妃。妙为此怒不可遏。一想到当年在岐舌国被囚和受辱的情景,她的心头就燃起复仇的火焰。她未经仓帝同意,擅自派出三名使节前往胛国,要求九黄交出罪恶滔天的沮诵,但遭到九黄的拒绝。他砍下两名使节的头颅,然后让第三名使节带着头颅滚回了青丘国。

妙这回更加生气了,她派出一支五千人的步兵军团前去征讨,由狐正和毛简带队,再次要求胛国交出那个女人以及所有刻有恶字的牛胛骨。九黄坚决不允,他把一千名羌兵全部派到边境,借助险峻的山势和狭窄的隘口,成功堵住了青丘人的前进之路。妙的士兵们攻打一百多天,死伤六百多名将士,依旧无法突破对方的防线,就连主帅狐正和副帅毛简都被对方俘获,最后只好鸣金收兵。

面对那些折戟而归、表情颓丧的士兵,妙第一次感到了权力意志的挫败。当天晚上,她回到家里,从夹墙里取出那只存放原字的铜箱,找到了"龍"字和"魔"的原字。为了战胜沮诵,她想启用这些超级大字。她轻轻抚摸着闪烁着微光的龟甲,抚摸着仓颉刻写的每一个笔画,能够感到它们的灵魂在指间颤动,仿佛随时都会苏醒，飞升在苍穹之上。她犹豫再三，不知是否该做出这个重大的抉择。

也许只有妙这样的女人，才能理解字造背后的真正魔法。意念所创造的事物分为两种：一种是生命体，会随着意念主体的死亡而消失，还原为飘荡在空中的意念，寻找新的灵魂载体；另一种是非生命体，不会消失，只能损坏、瓦解和粉碎。文字的意义就是能够固化意念。尽管意念的主体会悄然死去，但只要这意念曾被书写，就不会消失，而是被岁月接纳，汇入时间的暗流。

妙听见颉回家了。他是去给外婆和阿嚏的坟头上香。他周身骨头疼痛难忍，拄着龙首权杖，费劲地走进堂屋和前庭，四下喊着妙的名字。她只好放回龟甲，关上箱子。颉在走廊的尽头等她，仿佛彼此已经多年未见。他拉着妙的玉手说："妙啊，妙啊，我知道你在想什么，但你没有做，这很好。你没有辜负我对你的期望。"

妙眼里含着无限委屈的眼泪："颉呀，我不能放过那世界上最坏的女人。放过她，我们的世界就会塌陷下去。"

仓颉眼神变得越发温柔："攻战无效，我们可以采用防御之术。我们有铜墙铁壁,不怕他们的进攻。"

妙摇摇头,长叹一声:"唉,我们早晚会被这个女人害死的。"

九黄击退了青丘国的进攻,正在踌躇满志之中。他征召乡下的农夫入伍,想要组建起一支更庞大的军队。他亲自到各个村庄说服耆老们,让他们提供壮丁和钱财。他的野心变得日益膨胀起来。他还在十个嫔妃之间穿梭,跟她们寻欢作乐,贪婪地享受着生命暮年的福利,但因年事已高,他悲哀地发现,自己的战力正在日渐消退。

沮诵也发现自己丧失了字造的能力。她用意念创造的新字,毫无生气,不能充当事物生长、复制和变形的原型。她把这种状况归咎于内在能量的匮乏。自从战争失败之后,她就变得颓废起来。除了对颉的刻骨仇恨,她还需要某种能够点燃她意志的强大动力。

这天,她正在浴室里无聊地抚摸自己的身体,嘲笑它的无用和冗余,侍卫来报告战争胜利的消息,说是青丘国的大将狐正和副将毛简被俘。她心里突然涌起一种强烈的征服冲动。她当年错过了这个岐舌国的王子,并为此痛悔不已。现在,她不能再次错失良机。

她带着华服和食盒前往监狱，亲自替他脱衣，用温水洗濯他的身体，看着他的秘器在她面前勃起，又替他披上绫袍，斟上美酒，要求他成为她的辅臣，跟她一起共图大业，消灭青丘国，杀死仓颉和妙这对狗男女。

狐正看着这个美艳如花的前后母，觉得她真是心如蛇蝎。他扔掉华服，重新披上粗劣的囚衣："你还是把我送回监狱吧，我不能成为仓颉和妙的敌人。"

沮诵勃然大怒，命人将其阉割和刺瞎，在声嘶力竭的惨叫声中，把他扔进山洞，又命人每天用带着粪便的生牛肠喂食，让他生不如死地苟活，饱尝因忤逆她而带来的苦痛。这苦痛将永久缠绕他的肉身，直到他像鼹鼠那样死掉为止。

她又去见当年的师兄毛简。但他出乎意料地表现出顺从的姿态。他脱下肮脏的囚衣，匍匐在沮诵脚下，舔她的鞋履和脚背，向她表达自己的忠诚。沮诵一边跟他做爱，一边用竹条用力抽打，露出鄙夷的表情。"你这畜生，你这卑贱的畜生！"她在狂乱的发泄中企及了难以言喻的高潮，然后一脚踢开这个男人，像踢开一条土狗："滚吧，从今往后，你就是我的字奴。"

沮诵每天都要去蹂躏毛简几次，九黄无奈地默许了她的这种特权，而毛简也喜悦地接受了王妃粗暴的眷顾。本地黄牛已被掠夺和屠宰殆尽，牛胛骨的来源日渐稀少，暗字的传播，需要借助新的介质。毛简为此启用了他从前的发明——竹简。他把沮诵发明的暗字，组合成为一种叫作"句子"的单位，然后逐个抄写到细长的竹片上，再用细麻丝把它们编缀起来，由此形成完整的"书册"。这是廉价而美妙的文化产品，就连九黄都为之赞叹。

"你是怎么弄出来的？"他打开竹简，看着书写在上面的每一个句子，感到无比惊愕。他知道，光凭这项把语词连缀成句子的发明，他们就能击败仓颉和妙，让世界的进程彻底转向，而胛羌的功绩将永载史册。

三

是的，就在最后一片牛胛骨被沮诵击碎时，仓颉大帝死了。他的骨头从疼痛开始，然后一寸一寸地断裂，最后连牙床骨和牙齿都化成了碎片。他就这样无限绵软地死去，犹如一个无骨的肉团。妙还清晰地记得，她抱起他的身躯，就像抱起一件沉重的丝质袍服。她把他的身躯叠成四折，放进一只玲珑的衣箱，然后抚箱恸哭，哭了整整三天三夜，流出来的眼泪汇成一条河流。妙称这条小河为"颉水"，用以纪念她心爱的夫君。城里的女人们发出喜悦的欢叫，因为她们从此可以在这条洁净的咸水河里洗澡了。

颉在生前给妙留下了一件礼物。他用意念造出一个"美"字，又把这字刻写在龟甲上，然后用咒语把它变成一头大羊，看起来似乎是山羊和绵羊的杂交品种——长着山羊般的弧形大角，但下巴洁净，没有常见的胡须，却浑身长着绵羊般的白色卷毛。他说："这是你的宠物。'美'加上'妙'，是无限美妙的意思，它将替我陪伴你，让你的未来长久地美妙下去。"妙满含热泪地接纳了这只宠物，从此跟它形影不离。

依照仓帝的遗嘱，尹相昆吾当上了新一任的国王，他任命麻丝为自己的尹相兼大祭司，主持祭祀、观星、礼仪和誓约，妙则在幕后给予指导，继续她的垂帘听政。为了彰显仓帝的德政，她请求昆吾周期性开仓放粮，赈济那些贫苦的百姓。她还开放了仓颉神庙的三间厅堂，让那些流浪汉在里面栖身，躲避寒风和雨雪。她甚至当街阻止两起暴力抢劫事件，救下受伤的老妪。她知道人心正在变坏，她要力挽狂澜。

妙的头发此前已经渐白，而在颉谢世的那个夜晚，剩下的青丝也变得洁白如雪，远远望去，犹如白头女神降世。妙在仓颉神庙里主持盛大的葬礼。没人知道仓帝的确切死因。只有妙朦胧地意识到，他死得非常蹊跷。但就在葬礼结束之际，她恍然大悟：正是自己用这座建筑物杀死了国王，因为神庙从来都是纪念死者的。她的灵魂，从此被这种巨大的悔恨所吞没。

沮诵女扮男装，以商人的身份前往青丘国参加王的葬礼，她躲在密集的人群里，满怀仇恨地望着主持葬礼的妙，眼里燃烧着熊熊怒火。只有尹相兼大祭师麻丝看见了人群里的火焰，它来自一对明亮而邪恶的眸子。

人群散去之后，麻丝叫住了沮诵："这位先生请留步。你的眼睛如此明亮，照亮了整个葬礼，不知是否愿意留下小酌，也照亮一下本人的陋室？"

沮诵微微一笑："原来是大名鼎鼎的大祭师大人。你能从茫茫人群里看见鄙人，一定也是心明眼亮的人物。"两人相视而笑，仿佛遇见了陌路知己。

麻丝领着她来到自己的住宅。院子里的鹅鸭见到沮诵，纷纷拍着翅膀逃走，仿佛看见了鬼魅。麻丝哈哈一笑："你身上杀气太重，连家禽都避之唯恐不及。"

沮诵没有解释，调转话题说："我知道你是麻结的儿子，当年你父亲因那场大赛失败而死，那昆吾真是胸襟开阔，会起用你这样的可疑分子担任尹相。"

麻丝淡淡一笑："那是我的造化而已。我知道你就是那位大名鼎鼎的沮诵，不知这次易容而来，有什么新的谋划？"

沮诵说："能邂逅结绳英雄的后人，我深感荣幸。多少年来，我一直纳闷的是，既然你们尊奉的是女娲大神，那为什么伏羲神要背叛自己的妻子，指导仓颉另创文字出来？"

麻丝说："其实我也不懂得其中的缘由。我只知道当年女娲和伏羲结为夫妻，用互相缠绕的蛇尾表达绳结的意象，那是结绳派创意的起源。"

沮诵笑道："女娲和伏羲打下的绳结已经散开。现在是用意念造字，又用字来创造世界的时代，国师不必为此伤感，你已经站在新时代的前沿。"

麻丝也笑了："我身为结绳派元老的后代，却是地道的字造派。只是由于仓颉垄断字造的权力，以致身为青丘国的贵族，我们被抛弃在这场变革之外，成为袖手旁观的傻瓜。"

沮诵说："国师说得好。我们可以联手，推翻大字造者的独裁，让所有人都拥有造字的权利。"

麻丝的助理皮雍在一边仔细听着，突然插嘴道："这位高人所言极是，解除了我多年来的困惑。字只是工具，它没有善恶之分。字造术也不能被垄断，它应该成为每个工匠的职责。"沮诵听到这番言论，不禁正眼看了看这十六岁的英俊男孩，突然被他的青涩气质打动，心里燃起另外一种火焰。

她当时还不知道，皮雍其实是她的同门师弟。当年她被逐出师门之后，一批具有异能的小童被仓颉选中，成为字造学校的新生，而皮雍是其中的佼佼者。他能够用耳朵听字，觉察出深藏在每个字里的言辞。他懂得字魂的悲欢，也懂得字的来历和意愿。他就此掌握着每个字的秘密。但仓颉担心这种异能会把字造运动引向歧途，最终放弃了对他的教诲。皮雍离开字造学校，成为麻结的书童。他的职责是把主人的思想刻录在龟板上，最终形成指导本国人民的精神指南。

沮诵告辞离去的时刻，把一根小胛骨塞进皮雍手里。皮雍回到自己房间，从袖里取出牛骨，发现上面刻着沮诵投宿的客栈名字——妇好，其上还带着沮诵的手温。皮雍放在耳边听了一回，意外地发现，刻写"妇好"的是一个情欲高涨的女子。他还从字缝里听出那女子的热切召唤："来吧，你来找我吧……"

当天夜晚，皮雍带着礼物前往妇好客栈，敲开沮诵的房门，看见里面站着一个美丽的女子，长发披肩，浑身洋溢着咄咄逼人的性感。虽然此前已经有所预料，但他还是露出无比惊讶的神色。沮诵把湿润的嘴巴，温存地贴上了他的嘴巴。他浑身战栗，身子像雪人一般迅速融化。很久以后他才知道，那是来自暗黑世界的封印。

四

仓颉谢世后的第三年，妙已经满头白发，犹如一个六旬的老妪，但肌肤却像婴儿，脸上没有一条皱纹。所有人都视她为女神，就连骄傲的昆吾都不敢造次。他每日都要拣最要紧的政务向妙禀报，而妙会当即做出犀利的评判。昆吾据此做出正确的选择。这样的治国方式，大家都习以为常，仿佛那是天经地义的事情。

她的九个儿子夭折了四个，剩下的五个，由一位远方的无名神祇秘密抚养，那是颉为自己留下的后手，万一自己被人杀害，他们可以继承自己的遗志。但在没有颉的日子里，妙的空虚日益加剧，她需要一种释放。除了定期去神庙主持施粥仪式，探视那些无家可归的流浪者，她开始在夜间服用一种含有大麻、苏摩叶和曼陀罗花的美酒，然后用昆吾赠送的铜镜自照。

颉就这样出现在镜里，满脸皱纹，带着忧伤的表情。他们在月下和镜子里约会，言辞稀少，但彼此都能握住对方的灵魂，看见它们在不倦地舞蹈，上演青春时代的戏剧。那头叫作"美"的大羊坐卧在她身边，面对主人的镜像游戏，目光静谧而又好奇。

昆吾时常来探视她，向她讨教国家的大政方针。妙请他饮服一种她自己采摘的树叶，晒干后用水冲泡，有一种奇异的香气，昆吾每一次喝它，就会两眼炯炯放光，仿佛被一种莫名的能量所照亮。妙是他的师母和偶像、人世间最完美的女人。由于这种秘密的崇拜，他对其他一切女人都丧失兴趣。在谈论过政务之后，他喜欢手捧陶杯，默默地望着光华四射的师母，周身笼罩在某种温暖的痛苦里——她近在咫尺，又好像远在天边。

为了节省国家开支，妙拒绝了昆吾提供的薪俸。她在自家后院种菜和养猪，看见大羊"美"身上毛多，就在它身上薅了一大堆卷毛，用纺锤捻成细线，为自己打起了毛衣。大羊性情温和，听任妙在自己身上胡作非为，只是在被弄疼的时候，才发出一声低低的叫声。

妙还常在夜深人静时，从夹墙里取出那只铜匣，从一大堆龟甲和牛骨中翻找那些著名的原字。大羊在一旁目不转睛地看着。妙对大羊说:"这是颉的遗产,跟后起的模仿字不同,它们是所有字的源头,是世间一切事物的原型,具有强大的魔法力量,一旦被释放出去,天下的秩序就会大乱。"

看着妙恐惧的表情,"美"低低地应了一声,仿佛很赞同她的见解。

沮诵坚持着跟少年皮雍的幽会,但地点被移到仓颉神庙。在祭司的密室里,他们翻云覆雨,贪婪地吸吮着对方的液体。在蜜月达到高潮的那些日子里,沮诵甚至放弃了复仇的信念。每一次做爱完毕,她都会大汗淋漓地想:要是永远这样该有多好。就这样好了,就这样吧……

皮雍在她耳边梦呓般低语:"来吧,让我们一起用意念去征服那个贪婪成性的世界。"

沮诵疲惫地笑了,发现这个美少年比她更野心勃勃。她揽住他的脖子,好像揽住了他的灵魂。她知道自己为什么喜爱这个男孩,因为他简直就是颉的复制品,像颉那样眼神单纯,灵魂有力,就连他的秘器,都长得跟颉一模一样。

负责监视沮诵的胛羌密探,向九黄禀告了沮诵跟皮雍私通的情报。九黄顿时醋意大发,砸烂了身边的所有器皿,随即用飞鸽传令,要沮诵立刻回国述职。沮诵需要大笔经费的支持,于是跟皮雍恋恋不舍地告别,踏上了回程的道路。

九黄见她时的第一个动作,就是扯掉她的腰带,掀起她的长裙,像猴王那样翻检她的性器,看有没有虱子、跳蚤或其他什么寄生虫。他要用这个举动羞辱她。沮诵果然被激怒了,她当众抽了国王一记响亮的耳光。国王也被激怒了,拔出腰间的青铜短剑,锋利的刀锋在空气中里战栗,发出"嗡——"的震颤声响。沮诵毫无惧色地挺胸迎去:"你刺,你刺,你来刺呀!"

九黄忍无可忍,一下刺穿了十号嫔妃的胸脯,然后又悔恨莫及,哭丧着脸坐在尸体旁发呆。但浑身是血的沮诵忽然坐了起来,深吸一口气,放声大哭。九黄无比惊愕地望着这死去活来的妃子,不知她到底有什么神通。他说,"我们和好吧,我再也不杀你了。"

沮诵说:"你这杀人犯,你不是我的干爹,你不配当这国的王。"

九黄劝了很久,甚至反复道歉,但沮诵仍然无法原谅他的暴行。九黄只好派兵将她逐出胛国,并冲着她的背影说:"你给我滚开,你就是个贱货,你是没爹的杂种!"

沮诵眼含羞辱的眼泪走出王宫,胸前犹自带着大片血迹。她被九黄最后的话所深深地刺激了,她走进一座乡下路边的小神庙,朝着面容毁坏的神像,发誓除了推翻妙的统治,还要找回自己的亲生父母,并让九黄跪拜在他们脚下。沮诵这么对神发誓的时候,仿佛已经看到了令人激动的结局。

沮诵再次潜回青丘国,形单影只,蓬头垢面,就像一条丧家的野狗。少年皮雍收留了她,把她藏在自己家里,并充当她跟麻丝间的秘密信使。皮雍只有一个瞎眼的老母与他相依为命,住在离城两里地的狐庄。据说那里从前曾经是个野狐成群的地方,而今成了皮雍窝藏情人的据点。少年皮雍现在要伺候两个女人,一个是他的老母,而另一个是他的新妈。他眼眸明亮,心里充满了新生的喜悦。

沮诵开始着手调查自己的身世,她化装成男人返回故乡——那个叫作"穷蝉"的地方,四处打听一个叫作沮诵的女孩。没有人记得这个女孩,也没有人记得她的父母和家人。有好心人告诉她说,在这一带,过去曾经居住过许多来自北方的逃难者,他们像蝗虫般飞来,栖息一阵之后,又像蝗虫那样飞走。没人记得他们的容貌和身份。沮诵一无所获。

在备受挫折之后,她只好把全部注意力,倾注于暗黑系新字的创制。奇怪的是,也许是因为那次死而复生,沮诵突然恢复了字造的能力。她造出的黑暗系文字强悍有力,直接触发新事物的生长浪潮。就在那个跟皮雍热烈做爱的夜晚,她穿上衣服,灵感如泉涌,一个"狂"字在她的刻刀下奋然诞生。大地上的所有犬类都发出了狂吠,彻夜不息,仿佛天崩地裂。

皮雍是沮诵最年少的情人,也是她最强大的护法,他运用耳闻、舌舔和手触的异能,来觉察字的呼吸,判断它们的死活。因为并非所有的黑字都是活物。其中大多数刚刚诞生,就已经死去,而死字无法产生意念,不能担负起创造新事物的使命。

沮诵不倦地营造她的黑字体系,从"霸""癫""骗"到"兇""顽""贪"之类,刀法狠辣遒劲,熔铸着仇恨、期盼和必胜的意志。她将信念灌入文字,令其成为真正的活物,拥有暗黑的灵魂,并能够在世间创造出相应的事物。这是一种符号的魔法,沮诵就此成了暗黑世界之母。皮雍惊讶地看到,当"骗"和"兇"字诞生时,青丘国突然冒出了大批骗子,而当

"兇""毆"和"黼"字诞生时，城里多处爆发激烈的斗殴事件，各条街道一夜间充满各种垃圾，变得臭气熏天。暗黑系文字展示着强悍的力量。皮雍激动得浑身颤抖，他知道，沮诵是伟大的女神，她正在缔造一个生机勃勃的新人间。

为了加快世界格局的变革，皮雍开始组织龟甲、牛骨、竹简甚至丝帛的生产。他动员了附近的数十户农民，让他们参与到材料的制作之中。介质的大幅度拓展，加速了黑字的生产和传播。它们以几何的速度在青丘国流行，不可阻挡，悄无声息地腐蚀民众的灵魂，改变着青丘国的道德面貌，并且向四周的邻国大肆蔓延。沮诵还用黑市赚来的钱采购兵器，收买官员和扩展成员。她的队伍在茁壮成长。最终，整座青丘城都成了她的秘密战地。

昆吾忙于指导青铜器铸造，对这些细微的变化毫无觉察。但妙还是得到了一些支离破碎的情报。她知道沮诵就在城里某处，甚至可能就在她身边，并正在暗中观察她的每个举动，而她却对此一无所知。

妙于是越过昆吾，直接向麻丝下令，要在青丘国里展开针对沮诵的全面搜捕。麻丝忠实地执行了这道命令。他派兵绕过狐庄，在城里大肆搜捕，抓了数百名无辜居民，还煞有介事地杀了几名胛羌的间谍，弄得鸡犬不宁，民怨沸腾。沮诵端坐在狐庄的帐幕里，抚摸着皮雍的脸颊，满含喜悦地看着妙不断犯错。她知道，随着妙在声誉上的不断挫败，她反叛的时刻即将到来。

麻丝说："我有办法得到那只传说中的铜匣。"

沮诵说："只要有它，我就能改变世界。"

麻丝说："我已经拟订了一个行动方案，姑娘不必担心。"

沮诵说："我不担心尹相的才能，我只担心，日后虽然得到了整个世界，却还是找不出我的来历。我需要知道自己的身世，你应该懂得，人民只崇拜高贵而神圣的血统，他们绝不会拥护一个没有来历的首领。"

麻丝说："我们有用来登记人口变迁的户籍档案，只是暂时被昆吾掌握而已，很快我就能拿到库房的钥匙。另外，实在无法找寻的话，我们可以编造一段完美无缺的历史。"

沮诵冷冷地说："我不要编造，我只需要真相。"

麻丝羞愧而惶恐地低下头去。

五

沮诵是妙的最大心病。妙郁郁寡欢，长期失眠，最终卧床不起。由于担心有沮诵的密探，妙辞退了那些侍女，还拒绝了昆吾要亲自照料她的提议。她孑然一身地躺在床上，陷于半昏迷的状态。就在病眼蒙眬之中，妙看见屋里出现了一个容颜美丽的女孩，仙子般飘来飘去，替她端水喂药，犹如挚爱的亲人。她非常惊讶，盘问她的来历，那女孩微微一笑，咩地叫了一声。妙突然醒悟过来，知道她就是大羊"美"。她幻化为人形，开始照料她的生活，比过去所有侍女都更体贴入微。

妙说："美啊，你怎么就像我亲生的女儿？要是你能说话，我就让我最小的儿子娶你为妻。"

美心灵手巧，眉眼间都流动着难以言喻的灵气。她悉心照料妙的起居生活，却不能说话，只会发出咩咩的羊叫。但妙能听懂她的语言。羊语是一种高级形态的语言，在生灵界的级别仅次于鸟语。妙似乎天生就是大羊的密友，她们相貌相似，彼此理解对方的语言，逐渐变得亲密无间起来。妙记起颉的临终遗言。他说过，

"美"和"妙"结合起来，是一件无限美妙的事情。当时她并不理解这话的意思，现在好像有点懂了。

昆吾第一次看见美的那个瞬间，不免有些惊讶，但随后便习惯了她的存在。不仅如此，他开始把对妙的情意转移到羊女身上。妙高高在上，凛然不可触碰，但美的容颜可以跟妙媲美，却如此温婉乖巧。昆吾牵起她的小手，给她讲了一个关于妙的笑话，美咩咩地笑了，脸上露出香甜的表情。昆吾的心原本已如枯槁，如今却充满了前所未有的暖意。

他们就这样度过了寒冷的冬季。春天悄然降临，妙的病已经基本痊愈。一个宁静的半夜，蜡梅正在月下怒放，散发出浓郁的花香，妙像往常那样平静地入睡，刚刚触摸到梦境的边缘，就听见美在失声惊叫，原来家里发生了火灾。大火从楼下堂屋烧起，迅速蔓延到二楼。

妙赶紧起床，从卧房夹墙里抢出了那只她视若珍宝的铜匣，抱着它逃出屋子，刚刚放在地上，身后突然闪过一条黑影。妙意识到那可能是纵火者，赶紧掉头去追，那影子已不见了踪影。妙回身一看，宝贝箱子竟也不见踪影。妙放声大哭，知道自己犯下了滔天大错。

昆吾闻讯赶来，意识到事态的严重程度。他亲自指挥王室卫队，将这一带团团围住，挨家挨户地搜查，果然抓住了那个纵火的黑衣人。那人经不住棍棒齐飞的拷打，在惨叫声中说出了幕后主使者，原来那是昆吾最信任的高官——尹相麻丝。

昆吾大惊失色，下令火速逮捕这个无耻的叛徒。四个城门全部关闭起来，道路戒严，任何人不能走动。一支两百人的军队，将麻府团团围住。

当时麻丝正在自己府上召开秘密会议，大多数参加叛乱的官员都在现场。麻丝向众人讲述了当年众神之战的秘密。原来伏羲曾是女娲的丈夫，但女娲坚决反对文明的诞生，认为那会给黄金时代的人类带来巨大的灾难。她坚持蛇结所代表的结绳记事法，因为只有绳结才能捍卫人类的纯真灵魂。

麻丝向众人解释说，麻结作为女娲神庙的祭司，忠实地捍卫了女娲的意志。但伏羲决意要进行变革，把人类引向文明。他杀死自己的妻子，并指导仓颉把女娲神庙变成自己的祭庙。仓颉造字时，麻丝只有九岁，但他听见了来自宇宙深处的哀歌。他表情沉痛，沉浸于对往事的缅怀之中。

就在这时，昆吾的士兵解决了哨兵，冲进屋去，把叛乱分子一网打尽。麻丝举起双手，顺从地接受了被捕的事实。两天以后，三十个人被砍下了头颅，分别放在三十个铜鼎里,在王宫前摆成一个方阵。那是对所有叛逆者的严重警告。

昆吾亲自审讯麻丝,要他交出铜匣及其全部原字。但麻丝说,他不知道铜匣的下落。他还嘲笑昆吾不识天机,不知青丘国气数已尽。昆吾怒斥麻丝的背叛行径,把他跟古时候的凶兽相提并论。麻丝索性闭上嘴巴,摆出一副死猪不怕烫的样子。昆吾无奈,只好亲自动手,把麻丝高高地绞死在王宫后院的大树上。

麻丝到死都拒绝说出箱子的下落。就在断气的瞬间,他越过宫墙依稀看见,皮雍正骑着毛驴,带着铜匣出了城门。麻丝知道,铜匣即将落到沮诵手里,而她的人马将取得最后的胜利,九泉之下的父亲,一定会为儿子的这份努力击节叫好的。昆吾惊讶地看见,麻丝的瞳仁突然明亮起来,里面现出麻结正在结绳记事的幻象,随后便永久地黯淡下去,像燃油枯尽的灯盏。

沮诵那天没有进城出席会议,侥幸逃脱了围捕。她没有放弃寻找父母的意愿。她找来那些族长,忙着向他们打探那些陈芝麻烂谷子的旧事,要他们盘点二十年来的户籍变迁,看看有没有发音为"沮诵"的姓名出现。族长们费尽心机,也没有找到任何蛛丝马迹。沮诵的心情变得沮丧起来。"神啊,你为什么要藏匿我的身世？"她生气地叫道。

凌晨时分，皮雍从城里逃回来，在给她带来麻丝被捕消息的同时，把沉重的字匣交到她手里。沮诵发出了狂喜的笑声。她抚摸着冰凉的匣身，双手颤抖，犹如摩西在抚摸约柜。她迟疑地打开箱子，逐个取出那些刻在胛骨上的暗黑系原字，最后，她还释放了那片刻有"魔"字的骨头。

但她在铜匣里反复搜检，也没能找到"龍"和"鳳"的原字。也许它们神秘地飞走了，而且不知去向。沮诵心里充满了遗憾，因为她没有看到那对世界上最神奇的文字，它们由颉亲自发明和刻写，曾是人类希望能量的源头，可以成为感召人民的最高符号。还有一个遗憾，是她没有找到关于自己身世的任何线索。

暗黑系文字的原型，逐个飞向满是星光的天空，在那里像焰火一样爆炸，发出璀璨的字形图案，然后融化在暗夜之中，仿佛已经融入了人类的灵魂。没有人知道它们如何逐层地自我复制、派生、繁殖，并转换成世间万物，也没有人知道它们是如何蜕变、衰老和死亡，就连仓颉本人对此都一无所知。这是神为人设置的智识门槛。但沮诵知道，正是由于它们的存在，正在变坏的人性，加剧了颓败的进程，到处是暴力、谎言、色情和对钱物的膜拜,整个青丘国陷入一场巨大的道德危机。

妙的身体已经康复,但她的忧虑变得更深。她知道,城墙无法防范城墙里面以及人心的敌人。妙每天都在神庙里布施,把食物分发给那些无依无靠的老人。她在努力用自己的十根手指,按住世界的百孔千疮。她还长时间跪在神庙里祈祷,指望天神能够出手扭转劣势,制止这个世界的变坏,但众神对此保持了令人费解的缄默。

这天,天神伏羲突然降示了语焉不详的旨意。他出现在妙的梦里,手里捻着一根绿枝,上面开着五朵白色的大花。她猜那可能喻指自己的五个儿子。伏羲微笑不语,把花朵抛向身后。妙百思不得其解。不知这个梦境意味着怎样的神谕。

儿子们不在自己身边。她担心他们会有什么灾祸。但她已经失去了探视他们的权利。颉在临终前嘱咐她说,只有最小的儿子长到十八岁,她才有可能见到他们。这是天神的诅咒,也是保护他们的唯一方式。妙不知道,他们其实都在乡野过着平民的生活,并不知道自己的王子身份。他们的职业分别是农夫、木匠、铁匠、厨子和马夫,并以金、木、水、火、土命名。他们比宫廷里的任何人都更幸福。

美其实是一位能预知未来的羊仙,但她没有人类的舌头,无法说出她的预言。从镜子幻象的深处,她看见了悲惨的死亡图景。她为妙梳理柔软的皓发,眼泪大颗大颗地掉了下来。

"我的美啊,你为何那么伤心?"妙不安地问她的羊女。但美只是咩地叫了一声。妙把她揽在自己怀里,替她拭去涌出的泪水。

这时妙也感知到了美的忧虑,但她还是柔声安慰说:"美,不要伤心。一切灾祸都会过去。我的肉身终究会死掉,就像世间的尘土,但灵魂会跟你在一起,继续薅你可爱的小卷毛。"

美破涕为笑了,她裹紧了自己的外衣,生怕身上的毛发会不翼而飞。

六

"魔"拍着柔软的黑色大鳍在苍穹上巡游,它的阴影遮蔽了整个天空。大地上的人民都为此惊呆了。他们中的许多人有昔日噩梦的记忆。他们害怕得浑身发抖。大批士兵扔下了刀戟，拒绝跟"魔"的军队作战。"魔"尚未发起攻击，青丘国已经人心涣散。

沮诵以城池和人民为诱饵，说服其他方国，建立起讨伐联盟。妙打造的城墙虽然固若金汤，有重兵把守，但一名忠实于麻丝的士兵乘夜打开了北门，让侵略者毫无障碍地进入城市。随后，其他城门也被相继打开。第二天清晨，全城民众都上街欢迎敌国军队的到来。他们厌倦了昆吾的统治，也对妙的垂帘听政感到失望，决定归顺那个更加年轻有为的女神。沮诵的事迹此前已在民间大肆传播，眼下被添油加醋之后，再度盛行起来。在那些传说里，她成了饱受颉和妙迫害的蒙难英雄。

九黄听闻沮诵的胜利，为当初所下的杀手而懊悔不已。他知道，这个女人一定会来向他寻仇的。他赶紧派人向沮诵送去一万两黄金，希望能得到她的赦免。沮诵收下了黄金，但还是派出九名杀手，把九黄的身体切成九块，分送给他的九个嫔妃。

国王昆吾眼看大势已去，劝妙跟她一起逃走。遭到妙的拒绝。妙说："昆吾呀，你先走吧，我很快就会追上你的。"美柔肠寸断地望着国王，仿佛有千言万语，欲言又止。昆吾看着这两个心仪的女人，心如刀绞。

妙强令国王换上农民的服装，带着五个女儿逃出城去。他的使命是找到颉和妙在远方的五个儿子,把龙首权杖和和田玉国玺交给他们。昆吾一步三回头地走了,眼里含着诀别的热泪。妙不知道,昆吾后来果然找到了颉的五子,然后一同向西方逃亡,越过流沙之地,去到遥远的天竺,在那里建立起一个新的王国。

妙没有告诉昆吾,为了她和颉的尊严,她决意要跟这个王国同归于尽。她先是派人前往粮仓,把所有食物全部分发给百姓,以便他们能够度过那即将来到的艰难岁月。然后,她火速赶赴王宫,召唤那些颉的旧部,组起一支两百人的敢死队,用铜戟、宝剑和弓箭,跟沮诵的叛军做殊死搏斗。但敢死队寡不敌众,被数千名叛军逐个杀死,最后只剩下大臣奚仲、岐伯和几名战士,紧紧护卫在妙的四周,遍体鳞伤,浑身是血,已经丧失了最后的战力。叛军一拥而上,将妙紧紧地捆绑起来,像是要绑住一个会飞走的精灵。

沮诵就这样如愿以偿,成了青丘国的女王。她还派兵去吞并九黄的胼国以及其他国家,把它们全部纳入自己的版图。她下令焚烧仓颉的神像,又竖起自己的神像,改庙名为"沮诵神庙"。她的首项工程,就是以大字造师的名义,亲自主持《沮诵圣字法典》的编撰。这是世上第一部完备的汉字大典,收集了被发明出来的所有白字和黑字,并为它们标上读音、语义和用法,用素帛抄写成三百个副本,分送给那些方国的君主。那些被无数次派生的文字虽然都是死字,无法创造事物,但足以用来记录人和事。沮诵豪迈地向世人宣布说:"我才是世界的真正创造者。"

在大字造师的登基仪式上,沮诵要用妙来向女娲神献祭。她命人把妙押上高台,命人撕掉妙的衣服,当众羞辱她的灵魂和身体。"你终于落到了我的手里。这些年来,我一直等着这一天的到来。"沮诵望着妙的妙躯,咬牙切齿。

妙表情恬静,仿佛已经预见到自己的终局:"你虽然夺得了王国的权力,但你不是真的赢家。"

沮诵的嗓音因愤怒而变得尖细起来:"你,你,你才是失败者,你是我的俘虏,我可以任意处置你的身体,我可以让你生不如死。"

妙说:"你的确有这个权力,但你无法处置你自己的身体和灵魂,你甚至不知道自己是谁,从何而来,又会有什么样的下场。"

妙的话尖锐地刺痛了沮诵,她变得怒气冲天。

妙说:"我知道你在到处查找自己的来历,还是让我告诉你吧。你是颉的造物,你是他的孩子。你正在摧毁的，正是你父亲的基业。"

沮诵狂怒地从士兵手里夺过板斧，将妙的身子从头到脚砍成两半。台下的人民发出了恐惧的惊呼。许多人开始失声痛哭，为妙的死亡感到震惊，又为自己对敌人的臣服而感到羞耻。

妙的身子虽然被劈成两半，却没有丝毫的鲜血流出。人们开始窃窃私语，不知究竟是什么缘故。就在沮诵走过去细看的瞬间，妙的尸体变成了两片龟甲，闪烁着温润而神异的光泽。沮诵弯腰拿起龟甲，看见上面分别刻写着"女"和"少"两个字，刀法遒劲而流畅，正是颉本人的风格。沮诵刚想嘲笑这两件旧物，手里的龟甲就迅速化为尘土，从她的手掌里流走，被大风吹得一干二净。

七

沮诵伸着手，呆呆地看着空无一物的手掌，头脑里不断回旋着妙的最后遗言。她的登基典礼变成了妙向民众辞别的仪式，这是她始料未及的。不仅如此，她还受到了妙的当众揭发。她被判处为仓颉的孩子，并要为背叛自己生父的行径而接受道德审判。

沮诵拒绝相信妙的遗言,认为那是她的诡计。她要置自己于不仁不义之地。"这个坏女人,面若桃花,毒如蛇蝎,真的是毒如蛇蝎啊!"她大发雷霆,高声叫骂,在王宫里发泄着严重挫败的情绪。随从们面面相觑,不知该如何安抚这个失控的女王。

皮雍处理好登基仪式的收尾工作,从宫外信步走来,面带微笑地对女王说:"今天是我们的胜利日,陛下累了,应该休息一下。"

沮诵见到皮雍,犹如见了救星。她抱着少年失声痛哭,哭得惊天动地,日月无光。皮雍牵起她的手,把她领到颉和妙的寝宫,这里已经多年无人居住了,但由于精心打扫,还是保持了整洁的原貌。侍女们像往常那样点燃香锥,四周弥漫着百合、水仙和甜橙的香气。沮诵哭得累了,颓然倒在柔软的垫褥上,一时说不出话来。

皮雍说:"也许我可以用异能测试一下,看看这究竟是谎言,还是……"

沮诵粗暴地打断他说:"你去查吧,那一定是她的谎言。"

皮雍走进仓颉的书房,看见一只大羊在安静地坐卧在屋角。他下令不许任何人进来,但没有驱赶那头性情温顺的家畜。他小心翼翼地打开沉重的铜匣,取出全部龟甲,把它们排列在大桌上,逐个检查上面的原型汉字。因为数量众多,而且部分原字已经磨损,难以辨认,探查的进程变得出乎意料地缓慢。

黎明时分,天上淅淅沥沥地下起雨来。借助刚刚亮起的晨曦,皮雍终于找出了四片字迹模糊的龟甲,用耳朵听了一回,果然是"氵""且""言"和"甬"四个原字。皮雍把它们拼成了"沮诵"一词,然后把它们依次叠起来,用双唇含着,眼前恍然出现仓颉当年造字时的场景。他看见仓颉造出了第一个原词,它是有生命的,幻化出一个名叫"沮诵"的少女。他还透过幻象看到,仓颉造"沮诵"一词的时候,阿嚏和外婆刚刚死去,颉的心里充满怨念,正是从这怨念里诞生了沮诵,并且被赋予了暗黑的人格。

沮诵醒来之后,皮雍平静地告诉她测试的结果:仓颉是她的"亲生父亲",而妙是她的"亲生妹妹"。她俩都是颉用意念创造的灵魂,一个代表黑暗,另一个代表光明。颉在造出她们之后说:"让我来看看,在姐妹俩的博弈中,究竟谁会杀死对方,赢得我所创造的这个文明世界。"皮雍劝慰地笑道:"现在,你可以把结果告诉你父亲了。"

沮诵顿时陷入空前的精神错乱。她亲手杀死了自己的缔造者，却无法接受这个残酷的真相。她从皮雍手里夺过龟甲，在滂沱大雨中狂奔而去，一边声嘶力竭地高喊：

"父亲，我的父亲，你是骗子，你是世上最坏的骗子……"

皮雍领着一队士兵在女王身后追赶，但他太年轻，不知道该如何阻止这个心爱女人的发疯。人们在大街上静观，露出鄙夷的表情。一名云游者在雨中站起身来，冲着飞奔的队伍喊了一声，在闪电亮起来的瞬间，有人认出他就是狐正，那个被沮诵刺瞎双眼的岐舌国王子。他拄着拐杖，凛然站立在街边，说出最恶毒的咒语。闪电照亮了他高大而瘦削的身影。

大羊从屋角慢吞吞站起身来，从容地走到书桌前，从龟甲和牛骨堆里轻易地找出了"龍"和"鳳"的原字，但没有找到"魔"字。它把这两片龟甲放进嘴里，平静地嚼着，犹如嚼着鲜嫩的青草，直到把它们仔细地嚼成粉末，徐徐吞咽下去。它知道沮诵曾经试图寻找它们，但颉赋予其自我隐身的法力。从今开始，世间将再也没有真的龙凤。此后流行的，都只是被逐级复制的死字和死图形而已。它们的唯一意义，就是维持着龙凤俱在的神学幻觉。它们将是人间信念的最大骗局。

美吃完她的美食之后,面朝天空咩地叫了一声,似乎在告知妙的在天之灵。咆哮的雷电遮蔽了这件完美的罪行。

第四章　且生

一

根据一部几乎无人知晓的野史《青丘杂记》记载，在某个大雨滂沱的午夜，青丘国伏羲神庙的废墟里，发生过一次灵异事件。那夜，天上打了一万个响雷，闪电刺向大地，如同垂直的瀑布。一片刻有"且"字的龟甲被雷电击中，变成一个双瞳和六指的男婴。

而肇事者是一只田鼠，它误把那片龟甲，当作鼠穴入口的盖子。

在青丘王国后来的数百年里，更多细节被逐步披露出来。当年，国王仓颉与妻子妙，受岐舌国王虎仲诱骗，前去参加字造大会，行前仓颉将早年创制的"且"字甲片交给妙，希望她能妥善保管。不料妙决定与之同行，结果双双被女巫沮诵囚禁。情急之下，妙只能把刻有"且"字的龟甲，交给岐舌国王子狐正保管。在跟随父王征服青丘国的征战中，狐正把甲片藏进伏羲神庙，指望有朝一日能重返此地，取回这个意义非凡的物件。

二十年后,被剜去双眼的狐正正在流浪,雨后途经伏羲神庙,发现它已经化为废墟,心中的悲伤如同泉涌。感慨良久之后,他听见群鸟的合唱,又闻到一阵异香,就循声而去,在破水罐、瓦当和神像的碎片之间,意外发现了躺在龟甲上的婴儿。他看起来如此瘦小,像一只握紧的拳头,蜷缩在宇宙花心的中央。

狐正抱起他来,摸到那不成比例的硕大鸡鸡,哈哈一笑,认出了他的来历,就把他跟龟甲一起藏进衣襟,犹如藏起两件稀世珍宝。从此,他成了男婴的守护者。

晚明的文人张岱对此评述说,神所操控的命运之轮如此完美,就像一个首尾严密呼应的故事脚本。

狐正无法为男婴提供奶水,于是开始艰难的乞奶历程,向正在哺育的农妇和家畜求取奶汁。小拳头就这样喝着不同物种的奶水茁壮成长,最终成了青丘国的新王。他后来多次对人夸耀说,他有过一万个面目各异的奶妈。

识字是狐正每天都要讲授的课程。到了三岁时,小拳头已能辨识天下所有的甲骨字。那些甲骨字温暖而活跃,承载尘世间的诸多秘密,而且向他展示出世界的各种影像。小拳头被告知,每个字都有对应的事物,而这事物是由甲骨字所缔造的。字才是真正的本体。只要掌握字造的真谛,就能拥有发明这个世界的钥匙。

狐正还告诉小拳头说,你来自老鼠收藏的一片龟甲,又是"且"字所化,所以我替你想了一个昵称,叫甲根,那是"龟甲上的小鸡鸡"的意思。小男孩用两个六指钩在一起,露出憨萌的微笑:"'甲根'最好了,那是天下第一的小鸡鸡。"从此,他让所有人都管他叫"甲根"。

那年狐正领着甲根路过熊镇,恰逢当地的野孩子们在比赛撒尿,甲根溜去凑个热闹,不料他尿得最远,尿线犹如利箭,射中了一丈外走路的孀妇。那女子惨叫一声,倒地不起。在场所有孩子都受了惊吓,骂他是怪物,用小石子扔他。甲根脑袋上带着四五个红肿的小包,哭着逃回了狐正的怀抱。他只有三岁,无法理解人性的无常。

狐正安慰他说:"他们怕你,是因为你比他们强大。你将让所有人都害怕。"

未来的国王说:"不,我要他们爱我。"

狐正笑了:"那你得先学会爱他们。"

狐正在行乞中逐渐老去,带着青丘国不可告人的秘密。他的头发变得花白,但身体却坚如磐石,可以用藤杖击退任何欺负乞丐的流氓。那是一个寻常的日子,他们走过阳光灿烂的集市,衣衫褴褛,表情高贵。

有人正在叫卖成串的鼠干,它们被开膛破肚,用细绳成串地悬挂起来,像蝙蝠那样张着四肢,摆出迎风招展的可笑姿势。甲根为鼠类的命运而感到生气,因为它们是他的动物远亲。他爬上树去,在枝丫间撒尿,去整蛊那些杀鼠的凶手。摊主以为下雨了,赶紧张开遮雨板遮挡,惹得四周的小贩哈哈大笑。

摊主发现被小乞丐愚弄,不禁勃然大怒,抄起棍子就打,被狐正用藤杖架住。这时来了更多的灭鼠帮成员,眼看双方就要发生恶战,但对方头领认出狐正是岐舌国的王子,吓了老大一跳,赶紧下跪谢罪。狐正出手阻止,说:"你一定认错人了,我只是一个叫花子而已。"

甲根事后追问说:"这是真的吗?你的国在哪里?你的眼睛为什么会瞎?你为什么成为叫花子?为什么会当上我的爸爸?为什么要带我去受那么多苦,又为什么要看护我这没用的小孩……"他的疑问像蚂蚁群那样涌了出来。

在风雨交加的黄昏,狐正用被打湿的嗓子,向只有五岁的未来之王,道出了自己所知的全部秘密,并交出那片甲根在其上诞生的龟甲："这是孕育你的子宫，也是护身法器，你要妥善加以保存。"甲根接过甲片，沉默良久，觉得它重如泰山，心中并不能完全明白狐正的深意。

甲片在手掌上无声地呐喊，带着他穿越寂寥的黑暗，犹如疾驰在一个世界的旧梦中。各种难以言喻的古怪场景，从甲根的意识深处扑面而来，仿佛在迎接未来国王的荣耀归来。

他在第二天辰时三刻醒来，长成一名十岁的英俊少年。据《青丘杂记》记载，他毕生经历过三次这种跳跃式的年龄突变。

少年站在门口，迎着灿烂的阳光和彩虹，面容像月光那样皎洁。他无端地笑着，像一个有思想的傻瓜。

狐正怜惜的手指，慈母般掠过甲根的脸腮："你变成任何样子，我都不会吃惊，因为你是伟大的颉的孩子。现在，你已经是少年了，我要为你缝制一件新衣。"

狐正的骨针在指尖扎了无数个口子，终于用无数兔子腋下的碎皮，做成一件百衲衣。甲根笑纳了义父的礼物。

义父又说："你的鞋都破成这样了，看来我还得给你做一双新鞋。"

甲根缩回他的破鞋，摇摇头说："不，我们是好朋友，我不想丢掉它们。"

狐正问："它们叫什么名字呀？"

甲根伸出左脚："这只鞋先破，穿起来凉飕飕的，我叫它'小风'。"又伸出右脚："这只鞋帮我打过坏人，还踩死过毒蛇，所以我叫它'大牙'。"

狐正笑道："好吧，既然你爱惜旧友，我就不给你添乱了。"

狐正还告诫未来的国王，邪恶的女巫王沮诵在统治世界，她的爪牙遍布天下，一旦被她发现，他们父子俩都会死无葬身之地。要想复兴青丘国的基业，就必须保守秘密，像乞丐那样活下去，等待某个翻身的契机。

他变戏法似的掏出一个麻袋，里面装满精心加工过的龟甲。他告诉甲根，这是当年他父亲访问岐舌国时被没收的物品，许多年来，他一直随身带着，几次蒙难都未丢弃。现在，它们终于有了一位合适的主人。

甲根肃然起敬，抚摸着乌龟的背甲和腹甲，发现它们光滑、莹白、沉重，隐隐闪射出某种不可亵渎的光辉，仿佛是来自天界的重礼。

在狐正的指导下，甲根开始练习在龟甲上刻字。他用剑鱼头部尖刺磨成的骨针，先是刻写他那双破鞋子的名字，继而刻写亲人仓颉和妙的名字，接着又去刻写故事里的仇人。骨针划过甲片，发出刺耳的声音，似乎在说一种锐利的针语。

二

就在甲根刻下"沮诵"这个名字时，千里之外的沮诵突然有了感应。她正在王座上小憩，突然觉得有利刃在她身上刻画，每一刀都是无法忍受的剧痛。睁眼一看，肌肤完好无损，但尖锐的疼痛仍在身上爬行，上下左右，深入骨髓。

沮诵意识到有人在对她施行巫术，不由得勃然大怒。她派人叫来皮雍，要他查出刺客的下落。疼痛是短暂的，因为甲根随后就把刻写转向了其他名字。沮诵觉得身上好了许多，但她依旧沉浸在疼痛的无穷回响之中。

"痛痛痛！我痛死了，我实在太痛了！"她对皮雍哭诉道。

沮诵情知自己有无数个仇敌。当年她利用文字巫术杀死青丘国王仓颉，又杀死王后妙，凭着暗黑字造术成为国王，世称"黑巫女王"。她杀人无数，而那些死者及其亲属都是她的敌人，都有收买巫师害她性命的嫌疑，就像当年她暗算仓颉那样。她心中为此充满难以名状的恐惧。她对皮雍说："我要诛灭刺客和他的九族，我要用一万个活人的肝脏，来抚慰受伤的肌肤。"

皮雍告诉沮诵，颉有九个孩子，死了四个，还有五个，分别叫作金仓、木仓、水仓、火仓和土仓。昆吾庇护着他们。据说他们越过流沙之地，去了天竺；但也有人说，他们就在附近某处躲着。他耗费了十年之久，仍然无法发现他们的踪迹。

"我的女王，我已经尽力了。"皮雍亲吻着她神经质般颤抖的指尖。

"滚蛋吧，你这无用的小甜狗。"她的指尖划破皮雍的嘴唇，然后把他一脚踢开。

沮诵为皮雍的手软而感到生气，她决定亲自打造专门追踪猎物的煞兽。她走回自己的密室，把门锁上，在里面待了九九八十一夜。她用招摇山的祝余草、非山下的蝮虫、羬次山的婴垣之玉、莱山上的多罗罗鸟、柜山的怪兽狸力、浮玉山的怪兽彘，还有其他一些难以名状的毒虫和蛇类，慢炖成一锅浓汤，然后把一片太山蜚牛的胛骨投进汤水熬煮，长达三百个时辰之久。沮诵又把胛骨放入丹炉，用文火炼制一百八十个时辰。

当她从当炉膛里取出骨头时，看见它在烛光下变幻出幽蓝、青黑和墨绿的多重光泽，犹如一个来自地狱的恶毒诅咒。沮诵笑了，因为她知道，那是头等巫骨的标志。

她在那片暗黑胛骨上刻下"窍"和"奇"两个字，刺破手指，滴上九滴自己的宝血，然后把它扔进一个叫作"圣水之渊"的深潭。她的战斗魔兽将在那里孕育，而她要做的只是等待而已。她召来皮雍，打算跟他先饱餐一顿，然后再大战三千个回合。她甚至想跟他生一个男婴。但她从未对人透露过这个隐秘的欲望。

未来的国王甲根，不知那些跟他相关的事情正在发生。他跟随义父狐正，白天乞讨，夜晚练习字符的初级刻写，顽性收起了大半。也许因为长大了，他变得沉默起来，好像心事重重。

狐正知道，他心里住着生父和生母的幻象，他每天都在召唤那隐秘的希望。狐正对他说，冥府的路途过于遥远，没有任何人能回到自己的故乡。

甲根眼里噙满热泪。他说要刻苦研习字造术，用它来改变一切旧世界的规则。

狐正笑着说:"你会的,你将是新一代的仓颉。但这世界过于险恶,你的小命随时都会被人取走。你眼下要学会的,不是如何改变什么,而是如何让自己活着。"

这天深夜,甲根走进一个光线黯淡的梦境:在长满各种奇花异草的园子深处,有位美丽的妇人向他招手,他以为那是母亲。他们开始热烈拥抱,但妇人的身子犹如液体,渗入他的身躯,与他合为一体,并操纵他的双手,用那枚用来刻字的骨针,精确地刺入义父狐正的前额。狐正倒下之际,天地间发出了一声狂叫。

未来的国王被叫声从梦中吓醒,听见号叫还在持续、遥远、尖厉、凄厉、狂妄,充满威胁,好像来自大地的最深处。所有人都被这叫声惊醒了。狐正脸色苍白,说有大事要发生了。甲根见他额头正中有细小的血痂,不敢问他刚才梦见了什么。

沮诵正在跟皮雍做那好事,也被这号叫声惊住了。皮雍听了片刻,说:"那应该是你的孩子,它终于出生了,这是它的第一声啼哭。"沮诵立刻抛下皮雍,狂喜地裸奔到深渊边上。

"圣水之渊"四周出现了奇寒,温度骤然下降,水结成很厚的冰层,沮诵身上挂满冰霜,如同传奇中的冰雪女神,而她的穷奇就屹立在冰面上,长着一对牛的大角,以及虎的躯体和条纹,展开一对铜铁般的巨翼,翼的边缘犹如锐利的刀锋,浑身上下长满刺猬般的尖刺,看起来威风凛凛,不可一世。

沮诵喜极而泣。这是她亲手创造的第一个超级煞兽,她站在山坡上,张开双臂,大声喊道:"穷奇,穷奇,穷奇,我的宝贝儿穷奇!"心中流露出了难以抑制的爱意。

穷奇停止了号叫,向沮诵跑来,匍匐在她的脚下,像幼犬那样呜呜低鸣,表达对她的臣服。沮诵说:"我的孩子呀,你要替我去找那个刺痛我的坏人,吃掉他们,连同方圆十里的居民全都吃光,一根骨头都不能给我剩下。"她的眼泪刚刚流出,就在脸上变成细小的冰柱。

穷奇长啸一声,山下的冰面上,出现了它的大量分身,形成一支庞大的"穷奇军团"。穷奇再啸一声,转身飞起至半空,分身们也随之飞了起来,重新合并为一个躯体,然后快速离去,不知去向。沮诵欢喜地大叫起来,仿佛达到性爱的高潮。后来她转过身去,看见皮雍就站在背后。他默默地为她披上丝袍,神色黯然,好像大难马上就要临头。

"知道我为什么叫它穷奇吗？我要让它穷尽人世间的所有惊奇。"沮诵望着皮雍，嘴角露出了诡异而傲慢的笑容。

三

神话就此开启了自己的暗黑纪元。煞兽穷奇在世界各地播撒恐惧，绑架民众的灵魂。它的作为甚至远远超出了沮诵的期待。它根据自己绘制的地图，设定了一百三十六个据点，在每个据点里制造九个分身，并由那些分身实施大搜查行动，凭敏锐的嗅觉，分辨每个人身上的敌意气味、叛逆气味、惊骇气味和绝望气味，总之是各种不良气味。它狂暴地肢解并吞噬他们，以致哀鸿遍野，生灵涂炭。

有关穷奇现世的消息，迅速传遍整个中原。狐正知道这是沮诵的造物，而她的真正目标，是他的义子——未来的国王甲根。他捶打着发酸的双腿，忧心忡忡地对甲根说："我们不是它们的对手，还是先躲进深山去吧。"

甲根说:"就让穷奇吃了我吧,这样他就不会去吃别人了。"

狐正说,"就算你死了,沮诵也不会终止她的暴行。你不但要学会保护自己,还要学会反抗,打败女巫王,这是拯救众生的唯一方式。我现在传授你的,只是最初浅的字造术。你要知道,行乞不仅是为了生存,而且是为了遇见那些伟大的贤者,只有他们才能成为你真正的导师。"

甲根的双瞳里闪现出彩虹般的色彩。狐正知道,那代表着一种热切的希望。

他们越过日益荒凉的平原,向连绵的群山走去,他们的目光,久久驻留在那些死不瞑目的尸体上。天上高高地飞翔着哀鸿,而乌鸦紧贴着大地盘旋,搜寻并放肆地分享那些腐肉,发出嘶哑而心满意足的叫声。苦难像茅草一样蔓延,盖住了辽阔的大地。

经过伏羲神庙的废墟时,狐正对未来的国王说,这是他的出生地,应该进去祭拜一下,鸣谢伏羲大神的恩典。他们于是走进杂草丛生的废墟,找到狐正发现甲根之处,在那里仰望苍天,跪着喊出伏羲的名字,试图向大神表达感恩之情。但大神没有回应,像往常那样,保持了高深莫测的沉默。

出乎意料的是，煞兽穷奇已经在此守候多日。它除了制造据点和分身，还喜欢独自在各地行走，从人类和兽类那里学习智谋，变得日益狡诈起来。它用各种诡术战胜了其他对手，迅速成为煞兽江湖的首席魔怪。它闻出废墟里的危险气息，确认这是女巫王沮诵的痛苦源泉，就蛰伏在倒伏的巨型石柱后面，静待猎物自投罗网，长达十天十夜之久。此刻，它张开巨翅，现出庞大而丑陋的身躯，发出撕天裂地的号叫。

狐正挥舞藤杖去阻挡穷奇的攻击，但煞兽的铁翼，一招就逼退了狐正，而腥臭的口水，喷了甲根一头一脸。面对彻骨的寒气，还有那张近在咫尺的巨大丑脸，甲根没有逃避，而是以清澈的目光逼视穷奇，令它犹豫不前，仿佛遭遇了一位不可冒犯的天神。

双方正在僵持之中，羊仙美突然现身了——她是前王后妙的宠物和侍女，已经从人间失踪多年。就在穷奇发起攻击的瞬间，天上突然响起一声惊雷，她以大羊的形态出现在废墟的现场，化作一阵狂风，于飞沙走石之中卷走甲根和狐正，把他们带往远方的山洞，并屏蔽了他们的气息。

美的动作堪称完美，只是迟了半步。狐正遭到穷奇铁翼的第二次重击，身躯被切成两半，下半身飞出数丈之外，不知去向，美急切之下，只抢走了他血肉模糊的上半身。

在潮湿而温暖的山洞里，甲根抱着半个义父，满脸都是惊惧的泪水，双唇颤抖，不知该说些什么。狐正费力地伸出食指，替他擦了一下眼泪，莞尔一笑："这位救你的恩人，你要跟着她去……"

甲根："不，我要跟着你……"

"义父先走一步了，你……来日方长……"狐正话还没说完，就脑袋一歪，永久地停止了呼吸。

甲根无法接受这个悲痛的现实，他不敢再看义父残缺的半个身躯，把头埋进岩石的缝隙号啕大哭，继而又剧烈地呕吐，好像要吐尽那无比血腥的现实。

美没有制止男孩的哭泣。她知道，他必须面对这堂人生的苦难课程，而且此后他们还将遭遇更多的灾祸。

甲根哭累了之后，用十二根手指抚摸着美的身躯，看见她的每一根卷毛都在熠熠发光，犹如一堆华丽的银丝。

"你长得像一只羊。"他还没从狐正去世的震惊中恢复过来。他需要缓解一下自己的悲伤。

美咩咩咩地笑了，随即幻化成少女、慈母和老妪，继而又幻化成一座羊的石雕，甚至幻化成一条羊皮斗篷,轻柔地披在甲根身上。

甲根叹了口气:"你,最好是狐正的样子。"

美幻化成妙的样子:"不,我是你的母亲。"她的声音变得温柔起来:"孩子,你受苦了……"

甲根再度号啕大哭起来,跪在母亲的幻象面前,久久不肯起身。

穷奇在神庙废墟失利之后,恼羞成怒,展开更大规模的屠戮,借此向软弱无能的人类宣战。它的食量巨大,每天都要吃掉整整一个村庄的人口。山野上到处散布着穷奇屙出的粪便——人的头骨,它们被穷奇的肠胃消化得干干净净,没有剩下一丝肉渣,犹如一些光洁的球状雕塑,装饰着这个荒凉的国度。甲根试图去弄清它们的数量,但他算术不好,借助十二个手指数了半天,只算出一个可笑的零头。

秃鹫们紧紧尾随煞兽在天上徘徊,享用它残留的腐食。但甲根他们不知道的是,继穷奇之后,沮诵使用类似的方法,又先后造出混沌、梼杌、饕餮三种魔兽,世人合称为"四凶",到处祸害大地的生灵。人们扶老携幼,在荒原上盲目地逃亡,犹如失去头领的群羊。他们的眼泪甚至引发了河流的泛滥,咸味的大水一直冲到青丘山下，淹没了拥有几十万株松树的古老森林。美悲哀地想，哭泣可以延宕生命，却无法改写死亡的归宿。

四

在安葬过狐正的半个尸体之后，甲根就跟大羊美一起，开始了无比艰难的逃亡。在路人看来，这是少年牧羊人和家畜的结伴而行。而背后的事实却是，美成了甲根的干妈，她每天都要用魔法罩住他，不让他的气味被穷奇兵团捕捉；甲根则负责为她寻找鲜嫩可口的青草。他们形成了逃亡路上的互助小组。

美拥有幻化为所有事物的能力，因为那可以拓展存在的边界，获得造型表达的无限自由。她也可以带着羊族口音——一种压扁和发颤的尖音，说出人族的语言，听起来很像是高龄老妪的嗓音，而且带有鲜明的羊语口音，比如她总是把"ma"音发成"me"音，又把"na"音发成"ne"音，诸如此类。但她还是更喜欢保持羊的本相及其表达方式，因为跟人族相比，羊具备更为优越的品质——良善、温顺、无所畏惧。

甲根后来才慢慢理解美的"咩音字典"。短促的单个咩音代表"是"和肯定，带拖音的单个咩音代表疑问，短促而连续的两个咩音代表赞美，三个表示惊讶，四个代表笑声，一个短音加一个长音代表否定，而连续几个拖音意味着美在伤心地哭泣。美以最简洁的语言教导甲根，引领他的灵魂茁壮成长。

美带着甲根去拜访一位青丘国的旧臣，他隐姓埋名，以樵夫的身份，在一个人烟稀少的小村子里苟延残喘。他拿给甲根和美一些盘缠，并指点甲根说，要是不能除掉穷奇，整个人间就永无宁日。但要想战胜穷奇，就必须找到一种特别的植物，那就是生命树。它是众神的杰作，用以守护众生，只要找出它来，就能掌握对付穷奇的方法。

旧臣还告诉甲根，在很久很久以前，世上有三棵生命树：第一棵在月亮上，叫桂树，由仙人吴刚看守，那里属于天界，人类根本无法企及；第二棵在西方昆仑山的空中花园"悬圃"里，它位于天与地之间，名叫如意，由财神陆吾看守，路途极为遥远，恐怕有去无回；第三棵距离最近，就在东方的汤谷，叫作"扶桑"，是唯一根植于大地的神树。

旧臣告诉甲根，扶桑显然是他们的最佳选择。但没人了解那树的形态，也没人掌握它的地理坐标，就连博学的妙和仓颉，都对此一无所知。

甲根说："从'汤谷'的字面意思来看，它其实就藏在山谷里的湖沼。我们只要找到那湖，就能发现神树。"

美突然停止了嘴里的反刍，发出两声"咩"的赞赏。

"那你给什么奖励呢？"甲根歪着脑袋问美。

"咩——？"

"我要……我要在你身上刻上我的名字，我要成为你的一部分……"

美笑了："咩，咩，咩……"

迎着朝阳现身的方向，他们继续行进在流浪的路上，白天乞讨和采集果实，到了夜晚，未来的国王就蜷缩在美的白色卷毛里，仿佛栖息在柔软的床褥上。

甲根每晚临睡前，都要跟美谈论自己去世的义父狐正。他爱义父如此深切，以至于始终都无法适应他的缺席。他必须依靠回忆来度过这些思念的日子。

他告诉美说，义父会用讨来的剩饭、豆腐渣和野菜，煮一种好吃的食物，名字叫"美羹"，好像是用美的名字命名的。

甲根又告诉美，义父最烦的，是他的调皮捣蛋。每次他犯错之后,狐正都要抄起棍子假装打他,重重地举起,轻轻地放下,就跟挠痒痒似的。这种奇怪的棍法,义父管它叫"美棍",也是用美的名字命名的。

甲根还告诉美,他最大的乐事,是义父给他洗澡。在树林子里,义父用柴火烧热溪水,一瓢一瓢浇在他身上,让他的每个毛孔都舒畅地大笑。义父说,这是一种"美浴",结果还是用了美的名字。

甲根大惊小怪地说,你瞧,义父早就把美放在心上了。

美又一次"咩,咩,咩"地笑了。

甲根抚弄美的卷毛问:"美妈美妈,你能告诉我吗,仓颉为什么会死去?妙为什么会被沮诵杀害?沮诵为什么要追杀我这无辜的少年?"

美无法回答甲根的疑惑,她唯一能说的是,伏羲大神曾经在梦里以老人的形态显形,指示她去神庙废墟,从那里接管一个名叫甲根的男孩,他是仓颉的孩子。除此之外,她一无所知。她对此也有无数个不解的疑团。

她时常向甲回忆他的母亲妙,还有那个叫作昆吾的国王,除了他的父亲颉,他们就是青丘国里最伟大的人物。他们的故事比歌谣还要动听,像泉水那样从美的嘴里流出,又流入甲根的耳朵,跟他如饥似渴的灵魂融为一体。

但美没有对甲根透露伏羲大神的另一个谶言:他将被自己的亲生母亲杀死,又会在十二个时辰后复活,而母亲也会获得永生,只是双目失明,全身骨头俱断,诸如此类。当初美从梦中惊醒时,被这个神的悲剧性预言震惊了。她无法理解其中的奥妙,也弄不明白甲根的真正母亲究竟是谁。她决定把这个秘密永远压在舌头底下。但这并不能解开她心中的谜团。恰恰相反,随着岁月的流逝,她的迷惑变得更加沉重,就像一堆严重受潮的稻草。

"咩!"她的叫声坚定而温柔,让甲根心中充满暖意。他知道,大羊无法替代义父狐正,她更像是一个沉默的母亲,无言地厮守在他身边,给予他言语以外的眷爱和力量。

在逃亡途中,他们还听到了一些新的流言,说是穷奇发现了仓颉大帝的五个孩子,把他们全部吞食,而受害人中还有第二任国王昆吾。穷奇还当着沮诵的面,屙出了他们的头骨,沮诵用它们做了宫门前的挂饰。这些挂饰看起来非常狰狞,带着一对深不可测的黑洞、两个毫无遮掩的小孔,以及两排发黄而凌乱的牙齿,天灵盖上还被画了红蓝相间的三个圆环,好像是一种恶毒的诅咒,让所有的访客都望而生畏。

要是这个传言为真，就意味着甲根成了仓帝的最后苗裔。美情知护驾责任重大，不敢有丝毫的懈怠。她偷偷地流泪，一边紧盯着甲根，就像羊盯着它眼前的嫩草，就连睡觉都得睁开一只值班的眼睛。

甲根也在用双瞳观察他的羊妈妈。他发现她跟其他女人不同，不但喜欢在林子里偷偷站着撒尿，而且喜欢在野地里舞蹈，弄出一大堆黑豆来。后来他才明白，那是她的固体排泄物。他因这个小秘密而迷上了羊妈妈，觉得她真是一位了不起的仙女，就连屎尿都如此与众不同。

狐正似乎没有远离。透过夜晚的篝火和月光，甲根时常看见他坐在附近的大树下，身披素色的麻衣，像生前那样轻轻捶打自己的双腿，向他这边无言地眺望，脸色苍白，神情疲惫。但他从未走近过自己，就像一个不愿打扰世人生活的幽灵。每次看到狐正，甲根都会感到剧烈的心悸，几乎透不过气来。美觉察了这种诡异的情形，但她对此缄默不语。

他们每天都在路上行走，小心地绕开"四凶"的营地，向无数个居民、猎人和樵夫打探，却无人知道"汤谷"的存在。就在这盲目的流浪中，未来的国王长成一个十四岁的英俊少年，步履坚定，眼神迷茫。

那天他们登上一座高山,忽然发现山谷里有一个蓝绿色的湖,犹如明亮的镜子,反射着天上的白云,被翠绿色的山岗环抱,群鸟在头顶上盘旋,冲着不速之客,发出了大惊小怪的啼鸣。一望而知,这是一片从未被煞兽踩躏过的净土。甲根和美都喜悦地大叫起来,以为这就是那曾经被千呼万唤的"汤谷"。

他们快步向山下走去,遇见一位姿容清秀的绿衣少女在路上散步,手牵一条小龙,好像牵着一条色彩花里胡哨的绳索。她盘问甲根的来历,甲根学狐正的样子说:"我只是过路的叫花子而已。"少女不信,打了一个响指,小龙的尾部开始颤抖起来,发出尖锐的哨音。原来这是一条哨龙。

甲根嬉笑着,捡起一块湿泥巴飞掷过去,糊在龙尾上,一下子封住了哨音。哨龙吃了一惊,满含委屈地爬上了少女的脖子。少女狠狠瞪了甲根一眼,露出气鼓鼓的表情。

"哈哈,小姑娘,你生气的样子还挺好看。"甲根依旧在嬉皮笑脸。

后来发生的事情,《青丘杂记》有过简略的叙述,说甲根到达的地点并非"汤谷",而是杻阳山——一个驯兽师和神兽聚集的秘密营地。为首的头领叫作

"危",曾是战神贰负的副将,因杀死天神的宠物"窫窳"而触犯戒律,被悬吊在杻阳山的深洞里,接受尘世间最严厉的酷刑。最后他被仓颉冒死救下,从此以山为家,把这里打造成了驯兽师及其神兽的秘密营地。

甲根遇到的女孩名叫绿棠,相传是危和九尾狐所生,她把少年牧羊人带到父亲面前。那是一个身材瘦高、长相奇特的中年男人,他的面部过于扁平,鼻子塌陷,好像出生时被人狠狠地踩过一脚;他的耳朵薄而绵软,可以像纸一样全部塞进耳洞;他的手臂很长,可以越过后背,友好地拍拍自己的肩头。

对于新来的客人,危起初有些鄙视,以为甲根是个乳臭未干的小孩;但经过一番对话,他很快就发现,甲根是恩人仓颉的后人,而大羊美是妙的侍女。他的眼睛顿时明亮起来,觉得这二位应该算是杻阳山有史以来最重要的宾客。他一边玩弄左耳,把它塞进耳洞,又拉出来,再塞进去,就这样不停地玩着,一边在很认真地恳求他们留下,并声称可以助甲根掌握更高等级的法术。甲根目不转睛地盯着他的耳朵魔法,看得有些走神,没留意对方的友善建议。

危提到的修炼路径,至少有三十六条,其中最为便捷的,就是进洞"闭关"九十天以上,它可以让人迅速掌握所有知识和巫术，但受训者必须忍受难以想象的痛苦。甲根又听他重复了两三遍，终于明白了对方的意思，便一口答应下来，决定接受这个危险的挑战。危很欢喜，就从背后伸出手臂，拍了拍自己的肩头，仿佛在表扬自己的游说能力。

甲根当即被危领进一个山洞。它名叫"烛阴之门"，洞口的容貌有些狰狞，好在被藤蔓之类的植物缠绕，才不至于那么可怕。进去之后，里面豁然开朗，竟是一座阔大的天然石厅，上下都是钟乳石和石笋，其间布满大小不一的黑洞，每一个都深不可测。据说这里有八十一条秘道，是大地的入口，通往九州、八极和世界的尽头，其中最重要的一条垂直通道，可以抵达冥府的最深处。

危告诉甲根说，他和贰负曾经在这里受刑九百六十一天。这里不仅是他的刑场、炼狱和坟地，也是他的学堂。他就此找回了自己的神性。

现在，他就站在通往地狱的垂直入口，听见阴风冰寒刺骨，在脚下发出震耳欲聋的呼啸，仿佛有一万头野兽在怒吼。

危说："现在，你只需跨出一步。"

甲根问："我会死吗？"

危回答说:"你不会死,但会活得很苦。"

"那不要紧,我不怕苦。"

话音未落,甲根就纵身一跃,朝着地狱的方向坠落……

美厮守在洞外,每天都能听到义子甲根撕心裂肺的痛叫声、无力的呻吟声,还有冥府之风的尖锐呼啸。在这些声音之间,是短暂的静默,但对于美而言,静默是比叫喊更为难熬的时刻。她彻夜难眠,细数自己的卷毛,借此计算缓慢流逝的时间。她胆战心惊,发现时间才是最大的杀器。世上没人能熬过这种漫长的酷刑。

美后来才获知,甲根被倒吊在洞顶的藤蔓上,周身缠绕着荆棘,忍受着来自脚下无底洞深处的刺骨寒风,在饥饿中备受煎熬。黑蝙蝠在上下盘旋,吸取他的鲜血,它们放肆地咬噬,制造无法忍受的痛楚。他放声尖叫,指望这种叫喊能够减缓疼痛,并吓退那些黑色的大虫子,却毫无作用。他总是在午夜血竭而死,又在第二天黎明复活。

危早就不知去向,好像在刻意躲避这种尴尬的场面。一个保卫冥府的黑暗精灵接管了危的位置,去守望他的蜕变。她是一名幽怨的老妪,夜以继日地哭泣,仿佛在为她的囚徒哀伤,一只眼睛流出蜜汁,另一只眼睛流出了毒液。蜜汁是她自己的食物,而毒液是蝙蝠的饮品。

也不知过了多少个日夜,就在甲根感到死亡已被穷尽,而复活变得毫无希望之际,他却意外获得了大地的力量。这很像是一种来自地神的承诺。在经受住痛苦的探查之后,神为他打开了众妙之门。突然之间,蝙蝠消失了,地狱安静下来,身上的疼痛竟烟消云散。唯有地狱之风变得更加凌厉,但它已不再寒冷,而是转向一种更温暖的形态,进而吹开他的周身孔窍,吹入他的肌肤、血脉、脏器、骨髓,以及比骨髓更深的部位。

风的语言跟大地的语言是截然不同的,它更像一种如泣如诉的琴声,带着不可思议的旋律,起伏在深不可测的洞穴里,激起巨大的和声式的回响。在每一个音符和每一组和声里,都蕴含着无限的符码,如同大地的沙砾和天空中的飞尘。

他感觉自己变成一个柔软的吸盘,从烈风中获取字造术的全部精华、来自世界各派的魔法,以及关于天文、地理和历史的总体性知识。他掉进了信息的迷宫,根本来不及辨认、体验和回味它们。他被旋转的世界弄得头痛欲裂,感觉脑壳都要炸了。

"等等，太多了，不不，太快了……"他在语无伦次地自语，但风没有理睬他的抱怨。它在他四周飞旋，又在他的五官里出没，摆出一副毫无人性的入侵姿态。到了后来，甲根干脆放弃了抵抗。他垂下头颅，进入失控的时空，在那里丢失了全部知觉。

这是何其漫长的十二个时辰。来自风的收获过于饱满，最终让甲根变成了一头灵魂沉重的小猪。捆绑他的荆棘突然断裂，他再一次急速坠落，却被及时出现的危伸手一把抱住。不知从什么时候开始，他就一直躲在某处，直到甲根再次发生坠落为止。于是他拎起甲根，把他放进一只沾满蝙蝠屎的木桶，然后大步走出了山洞。

这是第十天的早晨，美被阳光和鸟鸣吵醒，远远看见甲根跟危并肩坐在石洞外的草地上，像一对关系亲密的父子。

危拍着肚皮说："我饿了。"

甲根也问："我们吃什么呢？"

危指着睡眼蒙眬的美说："我们把她给吃了吧。"

美吓了一跳，刚想转身逃走，甲根已经笑嘻嘻地站在她的身边："我想吃奶。"他的状况似乎已经恢复如常，只是眼睛比入洞前更加明亮。

美长叫一声："哞——"

危对美说:"大功已经告成。他是我见过的最神奇的年轻人,只花了区区十日光景,就做完了人家九十天的功课。他果然是字神仓颉的后人。"

美用舌头怜惜地舔着未来国王的脸颊,感觉上面依然残留着来自异度时空的气息。

危举手击掌说:"来吧,上菜的时刻到了,你们该尝尝本地的山珍了。"

危摆出了堪称豪华等级的宴席。它盛大而奇妙,云集了世间独一无二的食物,例如瞿如鸟、虎蛟鱼、迷榖花、文茎枣等,看起来有些眼花缭乱。未来的王吃到了十六年来从未尝过的美食,想起自己过去的乞讨生涯,不觉再次滴出泪来。

"好吃,太好吃了!"他高声赞美道。

美是天生的素食主义者,她大口嚼着稷米青草卷饼,露出了同样心满意足的表情。

危指着坐在甲根对面的绿衣少女说:"我女儿绿棠,天性顽劣,你可不要介意。"

甲根赶紧问:"绿糖是什么东西?吃起来很甜吗?"

绿棠瞪了甲根一眼:"错了,味道很辣的,你敢吃吗?"

甲根拍着手说:"嘻嘻,我最喜欢吃香喝辣了。"

绿棠盯着他看了很久:"你阿妈的算术一定很差吧?"

"为啥?"

"嘻嘻,瞧把你生成什么样了,四只眼睛,十二根手指。"

甲根听了也不恼,反而嬉皮笑脸地说:"是多了点,你想要的话,我可以考虑分点给你。"

绿棠又盘问了甲根一大堆问题,比如你白天看人是不是大眼瞪小眼呀,晚上睡觉时闭不闭眼睛呀,瞳孔的颜色为什么老是变来变去,跟蝴蝶翅膀似的。还有,是不是因为你身上特别痒,才需要多生两根手指去挠挠呀……甲根哭笑不得,发现自己遇上了平生最难缠的对手。

美并未理会两个小孩子的胡扯。她四下张望,看见山坡上放牧着林氏国的驺吾、崦嵫之山的孰湖、来自中曲之山的驳马、翼望之山的讙狸,还有来自天山的帝江。她情不自禁地"咩咩"了两声,表达自己的惊叹和赞美,因为那都是世上最有名的吉祥系神兽。普天下都知道它们的英名,稍微有点脑子的人,还听说过它们的传奇故事。

宴席的高潮,当然就是帝江表演的歌舞了。它是被贬下界的天神,周身没有耳目口鼻之类的孔窍,形状活像一只黄色的鼓风气囊。它举止笨拙,气息饱满,四个翅膀和六条细腿却在灵巧地舞动,紧绷的皮肤在剧烈颤动,无数个毛孔一起唱出无词之歌,时而犹如高亢的号角,时而犹如低沉的战鼓。歌舞到酣处时,皮肤的颜色由黄色转为红色,像鲜艳的火团在地面上滚动。绿棠也加入了这场歌舞。她笑靥迷人,腰肢婀娜,秀发像旗帜一样在风中飘动,甲根看得眉开眼笑。

"好看!"他搂着大羊的身子高声叫道。

五

枑阳山果然是一个奇妙的所在,住了一些日子之后,甲根的身子变得日益强壮起来。他决定忘掉"烛阴之门"的惊恐体验,带着美继续寻找"汤谷"和扶桑。从诞生之日开始,他就始终在流浪和逃亡的路上,所以行走才是他身体的基本姿势。现在他只想回到那种姿势,就像鱼要回到水里,鸟要重返天空一样。好在危并未阻止他们的离开,他只是一边玩着耳朵,一边告诫美,关于生命树的故事,都是一些不可信的传说。他们此行可能会空手而归。

但甲根并未在意危的劝告，他执意要下山走走，去熟悉一下四周的气味。他刚转身离去，却又回过头来，冲着危笑道："在上路之前，我有件礼物要送给师父。"他递去一个藤条编就的小匣。危打开一看，是十几粒黑色的豆子，在匣子里滚动，闪烁着油亮的微光。

"这是我收藏的宝贝，送给师父留个念想。"

美抬眼一看，便知那是甲根在使坏——他居然把她的粪便当作礼物送给了危，大约是要报复危前些天对他的折磨。她忍不住轻声叱骂了一句。

但危并不以为忤，反而哈哈笑了起来，大嘴一直裂到了耳根："哈哈，好礼物，我会好好保存的。不过既然你送了我礼物，我也得还你才是，我看你很需要一件趁手的武器，"他收起小匣，取出一把以龙筋为弦的红色大弓，接着又说："你好像还需要一个能够变化的坐骑。它是谁呢？"

绿棠不假思索地说："只能是那只杻阳山最快乐的小怪物了。"说完脸上就露出了追悔莫及的表情。

危命人召来神兽鹋鸰。它的相貌乍一看稀松平常，很像一只性情活泼的斑鸠，轻盈地落在甲根肩上，叽叽咕咕，嘻嘻哈哈，发出各种奇怪的笑声，随后又变成比鸵鸟更大的巨禽，并从左右两侧又长出两个新的脑袋。

危对甲根和美说:"你们可以随时骑乘它,到达世上的任何地点。"

甲根对这只爱笑的三头怪鸟十分喜爱,用六指轻抚它的羽毛。鹋鹋也很好奇这位新主,它用左头观察甲根的双瞳,用右头观察他的双手,然后伸出中间的脑袋,用喙叼住他的六指,发出咯咯的笑声,好像在嘲弄他与众不同的相貌。

绿棠在一边拍手笑了:"嘻嘻,它的算术,比你爹妈强多了。"

甲根很尴尬地缩回手说:"你这三头小怪物,乖乖送我们上路吧。"

鹋鹋收起笑声,张开巨翅,把甲根和大羊带上了高高的天空。

鹋鹋展示出强悍的飞行能力。它按鸟的法则制定路线,很快就发现了一个新的深谷大湖,中央有一棵树荫浓密的巨树。他们落地之后,才意识到神树竟如此高大,犹如一个巨大的伞盖,直径达到几十里以上,其上住满喧闹的鸟类。伞盖的周边垂下到地面,看起来就像一座由枝杈、气根和叶篱组成的庞大迷宫。只是他们沿着巨树转了一圈,竟没能找到进入的门径。

甲根说:"让我来看看,这树上到底有什么玩意儿。"他截下一根芦苇,拉开红色大弓,向树冠射出苇箭,一阵利箭飞行的啸声过后,鸟群惊飞起来,遮天蔽日,整个天空都变得昏暗起来。

美责备说;"你打草惊蛇了。"

甲根不以为然:"嘻嘻,我就想惊一下那些笨蛇。"

话音未落,一个衣着华贵的女神从湖水里冉冉升起,冲着他们生气地叫道:"你们是什么人,胆敢冒犯我的神树?"

美阅历无数,一眼就认出,那是守护扶桑的太阳女神羲和。她拥有金黄色的眼睛和难以言喻的美貌,周身散发着刺目的光芒,继而化为一团白色火球,高悬在蓝天之上,向四周喷发烈焰。美无法抵御火的高温,银色卷毛被烧掉了一片,痛得咩咩大叫。甲根的双瞳更无法承受这种强光,他眼里世界的景象,全都在炽烈地燃烧。鹐鹐拍打着翅膀,为主人们挡住烈焰,同时发出嘻嘻哈哈的怪笑。

"还我儿子的命来!"羲和在火球中怒气冲天叫道,俨然是来自天界的审判者。

甲根深感意外,知道那并非他想惊动的笨蛇,却不知她究竟是何方神圣。而美已经恍然大悟，认出了对方的太阳女神身份。对呀，她一定是把手持弓箭的甲根误认为羿了。

相传很多年前，羲和的十个儿子一起跑到天上嬉戏，导致气温急剧上升，人间持续大旱，民众苦不堪言。主宰世界的天神尧，派出箭神羿，射杀了十个小日神。这是民众的幸事，却是日神家族的悲剧。从此羲和性情大变，成了性情乖戾的复仇女神，而羿便是她要寻找的首要目标。

美心中一急，冲着甲根喊出了人语："咩，用仓颉术！"

甲根有些慌乱，说话都变结巴了："那那那我试试吧，弄弄弄弄什么呢？"

美一边喷水浇灭身上的火焰，一边急切地叫道："还她十个儿子，咩！"

甲根恍然大悟，赶紧掏出一片龟甲，伸出右手的第六指，用刚学会的"无影之针"，在其上刻画出十个圆圈，又在每个圆圈里逐一加上小点。圆圈活了起来，从龟甲上飘起，化成光芒四射的火球，每个火球里都藏着一个裸身的小男孩。他们驾驭火球在湖面上滚动，然后跃上灼热的天空。

羲和看见十个小太阳的幻象，满腔仇恨顿时被温情融化。她收起烈焰，张开双臂，想要拥抱她的孩子们，但都被他们灵巧地躲开了，像是在竭力逃离她的痴爱。他们彼此追逐，沉湎于热烈的嬉戏之中。面对这昔日场景的重现，羲和热泪盈眶，不知所措。

甲根玩心大起，他依样画葫芦，又做了十个小太阳，让它们汇入十日的队列。羲和望着二十来个火球，脸上露出无限迷惑的表情。

"奇怪，为什么我有这么多小孩呢？"她喃喃自语，陷入了苦思的状态。

甲根哈哈大笑，为自己的恶作剧而扬扬得意。

大地上的草木开始冒烟起火。人们仰望天空，被这恐怖的异象惊吓，以为末日即将到来。女巫们在神庙里跳神，向神疯狂求告，试图熄灭太阳女神无端的怒气。甲根不知道，他扇动一下小恶作剧的翅膀，竟在另一世界形成巨大的风暴。

美正想出手改变这一现状，却见神树的浓密枝叶自行打开，现出一个由鸟雀搭成的拱门。甲根果断地拉她走进门去，沿着巨枝形成的道路前行，穿越各种不可名状的植物。史前怪兽及其幼兽在树丛里出没，一些来历不明的人形怪物也在四周行走，说着某种无法理解的古怪语言。群山无端地崩塌，接着又无端地恢复原样；大树也无端地落尽枯叶，但转眼间又重新变得枝繁叶茂。这些自我解构的幻象被不断重复，好像是众神正在玩着某种不可告人的游戏。

就在扶桑林的最深处，一道金黄色的强光，照亮了一棵两层楼高的神树。它的枝条彼此缠绕，在外缘形成明艳的圆环。甲根惊讶地赞道："这树中之树，恐怕才是真扶桑，要不是因为藏在这里，早就被人发现了踪迹。"

甲根圆睁双瞳，透过树身的夺目光芒，看见它有九条主枝，每条上都蜷缩着一个正在沉睡的小日神，加上树顶上的那个，刚好凑满十个。他恍然大悟道："我明白了，这就是十日的藏匿之处。它们根本没有被大羿射死，而是被生命树藏了起来。"

美说："哞。"

甲根疑惑地问："这些小太阳跟我们有什么关系？我该把他们射下来吗？"

美摇摇头："哞——哞！"

甲根依旧无法看清事物的本质。他头脑一片混乱，伸手握紧粗糙不平的树干，却没有得到任何回应："我感应不到它的灵魂，也听不见它的言语。"他无限沮丧地说。

美用左脸蹭了一下甲根,叫他不要着急。

甲根绕着大树走了三圈,发现主干分泌出一些乳白色的物质,伸手一摸,竟是一种黏性很强的树脂,从树皮的缝隙中渗出,在甲根的手掌上迅速凝固起来,仿佛是一滴巨大的眼泪。

"看,神树的眼泪!"

美低头去看,出现在甲根手上的,是一颗鸡蛋大小的琥珀,里面有只双瞳的大眼,就像甲根眼睛的摹本。她吓了老大一跳:"咩,咩,咩!"

甲根举起"眼泪"在金光下照了又照,突然间醒悟过来:"我知道了,这不是神树的眼泪,这是日神的眼睛。谁说我们一无所获?这不就是神树给我们的礼物吗?"

甲根欣喜若狂。他的探险并非一无所获。越过那些稍纵即逝的幻象,他似乎握住了事物的灵魂。他知道这不是珠宝,而是一把钥匙,但究竟用它来开启什么,此刻他还没有任何想法。

甲根领着美走出神树的秘境,身上揣着用途不明的"日神之眼"。外面的幻象演出还在继续,天空上燃烧着红色的云朵,大地的热气还没有消散,羲和依旧身陷于对小日神的痴迷之中。

美心中有所不忍，朝着甲根叫了一声，希望他能收起法术，别再捉弄那个可怜的女神了。

甲根对美嘻嘻笑道："你瞧，小孩子在里面睡觉，而她在外边守卫，美妈你说，还有比这更好的安排吗？"他的脸上露出了洞穿事物本性的表情。

美回首望去，只见太阳女神羲和正在喃喃自语地向大湖深处走去，身子赤裸，脸色绯红，沐浴着阳光与水，表情变得恬静，好像已经转入另一场曼妙的记忆。

哦，她根本不像女神，却像一个可怜的疯女人，被脑袋里的无数幻象压垮，魂都散了。甲根遥望她远逝的背影，无限同情地想。

最近一段时间以来，危一直为各种噩梦所纠缠。他先是看见贰负的鬼魂在屋脊上唱歌，身上穿着可笑的丧服；接着见到守洞的黑暗精灵张牙舞爪地向他求爱，试图用咒语抚摸他的全身；后来又瞧见自己从深洞里摔了下去，化成一根血红色的羽毛。惊醒时分，他听见了三首鹖鴯放肆的笑声。

哦，他们总算回来了！危吁了一口气，费力地爬起身，穿上淡褐色的葛衣，用麻绳把腰间扎得很紧，神色紧张地去迎接凯旋的寻宝小组，心头被刚才的噩梦弄得怏怏不快。但在看到他们带回的琥珀"日神之眼"时,他的脸色变得更加难看:"这的确是个宝贝,但它好像改变不了我们的现实。我要告诉你们,穷奇已经发现了这个营地,它跟杻阳山之间,大约只有三天的距离。你们去准备一下吧,我们将有一场恶战要打。"

望着漆黑一片的山下,美的叫声也变得凝重起来。她知道,"危"其实是个不祥的名字,它会带来各种不测的危险。但她没敢把这个念头说给任何人听,就连对甲根说都不行。她担心这隐秘的语义会动摇人心。

危本人对此浑然不觉。他向杻阳山的居民们发出了战斗警报,然后把美叫到一边,郑重地把绿棠托付给她,希望女儿能得到美的悉心照料。危还向美和甲根说出自己的应敌计划——用兽血把穷奇引入"烛阴之门",让它坠入万丈深渊。

甲根拍手说:"哇,师父是怎么想出这个超级棒的馊主意的?"

危苦笑道:"的确是个馊主意,但我们只能坐等奇迹发生了。"

甲根点点头说:"嗯,一定会出现奇迹的。你这么能干,美这么好看,我又这么呆傻,天神一定会保佑我们的。"

正如危所预料的那样,两天后的深夜,鹡鸰拍打着翅膀,发出从未有过的尖叫。随后,营地里的神兽集体发出惊恐的吼叫。群山都在剧烈地战栗。这是因为,穷奇已经来到杻阳山脚下,它臭气熏天,寒气入地,杀气逼人,全世界的树木都凋零下来。

穷奇追踪着兽血的点滴气味,向山上的营地发动偷袭,但那里早已空无一人。它又沿着兽血的踪迹发现了山洞。洞口的巨石嶙峋可怖,就像山神张开阴森的大嘴。穷奇踟蹰不前,生怕那是一个人类设置的陷阱。

黑暗精灵在岩洞的深处幽怨地哭泣,犹如充满蛊惑的吟咏,听起来很像是沮诵的喘息和呻吟。对于穷奇而言,这是一种无法抗拒的魔法召唤。它周身的血液沸腾起来,像被红布挑逗的公牛一样冲了进去,却来不及刹住庞大的身躯,一头栽进了万丈深渊。它在坠落时不断翻滚,发出凄长而绝望的惊叫,形成经久不息的回声。

危不敢相信事情进展得如此顺利,似乎有些过于神速和完美。他跟甲根一起走近深渊,贴着石壁望去,底下一片漆黑,地狱巽风在猛烈地悲号,令人不寒而栗。危点燃一支火炬朝下扔去,只见火焰迅速坠落,像流星那样消失得无影无踪。几只蝙蝠认出了甲根,擦着他的脸颊飞过，也不知是在向他祝贺，还是在发出警告。

"我们总算干掉了穷奇。"危放下青铜宝剑，脸上的表情终于松弛了下来。宝剑的手柄上，赫然留下几个深深的指印。

甲根笑着对绿棠说："你看，我们赢了，就这么简单！"

小姑娘也露出了喜悦的表情，用手指抹掉甲根脸上的脏痕，然后放在鼻子底下嗅了一下："你有点臭臭的，不过我一点都不讨厌。"

此后的数天里，杻阳山一直沉浸在喜悦之中，凋零的树木迅速复苏，雏菊、车前草和豌豆花也开始绽放。驯兽师跟他们的战斗神兽在山野上撒欢，做各种各样的草地游戏。甲根跟着危练习字造魔法，短短几天时间，已能把"无影之针"运用得出神入化。

美幻化成女人，手捻羊毛，替绿衣少女缝制一件毛衣，听少女说自己小时候的八卦。她告诉美说，自己的母亲是一只九尾白狐，是危在青丘国打仗时遇到的，可惜在生下绿棠后就去世了。从此她爱上了一切有灵性的动物。

绿棠说这话时，额头上掠过一团诡异的阴影。美心里突然起了一种不祥的预感——绿棠不仅幼年丧母，而且她还会很快失去父亲。她坐立不安,有一种危如累卵的感觉,似乎"危"的秘咒没有解除,真的大难还未到来。但在狂欢的集体气氛中,她只能欲言又止。

第七天午后,正是风轻云淡的时刻,杻阳山上的全体生物,都处在短暂的小憩之中,只有美反刍着食物,精神丝毫不敢懈怠。直觉告诉她,危险已经迫在眉睫。突然,她听到一声穷奇的狂啸,所有人都被吓醒了。危赶紧带着哨龙跑去山洞查看,却见穷奇站在"烛阴之门"前,犹如一尊会移动的巨大石像,提着黑暗精灵的头颅,表情诡异,仿佛正在期待它将带来的巨大恐慌。

这个突然的反转令危大吃一惊。他不知道,穷奇在坠落深渊之后,竟不断制造分身,让它们彼此叠加,形成世上最高的梯子,终于在第七天升达洞口,然后它一跃而起,咬下黑暗精灵的脑袋,以此向杻阳山宣战。那吼叫仿佛在说:"我胜利逃出了地狱,而你们都将成为地狱里的新鬼。"

天哪,胜利多么短暂,比薄冰更加脆弱。危强压内心的恐惧,用颤抖的双手点燃狼烟,向全体山民发出警告。绿棠的哨龙随即发出尖锐的哨音,而帝江也吹响惊天动地的号角。人兽畜虫都在四处逃窜,整座杻阳山再次乱作一团。

甲根安慰浑身发抖的美说:"不要紧,羊妈,我会保护你的。"

美急切地叫了一声,用无言的咒语封禁了甲根,不许他走出自己的魔法罩子。

穷奇率领自己的无数个分身,向杻阳山发起凌厉的攻击。它吃得过多,身躯变得极其笨重,已经丧失了飞行的能力,却演化出一种新的武器——毒气,由人兽之血在其胃袋里发酵而成,以打嗝的方式喷出,足以麻痹那些抵抗者的肢体,让他们无法动弹。然后它扇动力大无比的铁翅,像凌厉的刀斧,展开疯狂的杀戮,一路上所向披靡,血肉横飞。绝大多数驯兽师和他们钟爱的神兽,都沦为煞兽利齿下的美食,只有帝江缩起翅膀和六肢,皮球般滚下山去,侥幸逃离了大屠杀的现场。

超级煞兽在饱餐之后,屙出一大堆人与兽的头骨,犹如一架制造雕塑品的庞大机器。它抬起头来,抖了抖沾满血污的尖刺,突然闻到甲根的气味——美因为恐惧,无意中松开了屏蔽他的魔法罩子。它又抖了一下身躯,收回所有分身,眼睛射出红光,拍打巨翅,再次发出天崩地裂的嚎叫。

危手持宝剑奋力搏杀,浑身是血。他刚逃过穷奇的追杀,听见它的叫声,情知甲根已被发现,竟毅然折回,要跟狂兽做最后的一搏,以阻止它去猎杀甲根。美懂得危自我牺牲的用意,赶紧幻化为美人,拉着甲根,又抱起绿棠,快速爬上鹅鹎的后背,飞离杀戮的血腥现场。是的,她必须保护好仓颉的最后苗裔,还有危的唯一骨肉。

鹅鹎在高空上盘旋不去,它的笑声变得喑哑和凄凉。甲根朝下望去,杻阳山上到处都是生物的残肢、白骨和鲜血,那条哨龙的身子已经断成几截。危的宝剑刺伤了穷奇的翅膀,却被它的利爪击中,倒伏在血泊里,匣子里的"豆粒"撒了一地。但就像那个曾经的噩梦那样,穷奇还来不及张嘴去吞噬危的尸身,他就抢先从背后伸手拍拍自己的肩膀,冲着天空微微一笑,然后化成了一根殷红的羽毛。

绿棠从天空上目睹父亲跟自己诀别的场景,抱着甲根放声大哭。美坐在她身后,紧拥她的双肩,同样泪流满面。

美掀起的狂风吹过山巅,把羽毛卷上了半空。甲根一手牵着鹅鹎,一手顺势抓住羽毛,紧紧握在手里,仿佛握着一支细小的火炬。

甲根的双瞳里映射着飘动的红羽毛。那是危的化身,犹如一团在风中燃烧的怒火。

第五章 煞兽

一

女巫王沮诵沉浸在欢喜和沮丧的矛盾心情之中。她为煞兽们的成就欣喜若狂,又为皮雍的三心二意而气恼。她听说皮雍在召集各乡耆老,听取他们的政见,不由得怒火中烧。她一把扯下挂在宫门上的那些装饰性头骨,把它们踩得粉碎,对吓得发抖的侍卫叫道:"我很生气,我气得肚子都要爆了!"

皮雍已经七天七夜没有进宫见她了。但他在外面的全部作为,都会有密探一丝不漏地向她报告。这情报是沮诵的食粮。她靠吸吮这种营养品度日,犹如吸食鸦片。她的快感不仅是占有皮雍的身体,而且要占有他的全部,包括汗液和唾沫,还有从他嘴里吐出的每一个字句。

女巫发起的煞兽风暴,制造出巨大的灾难,就连京城都成为它们肆虐的地盘。十几个穷奇的分身进入京城,在街头袭击路人,掳掠肉质细嫩的女子和孩童,摧毁街边的店铺和住宅。面对这场浩劫，人们发出了一片哀声。为平息众怒，皮雍试图出面调停，一方面派长矛手和弓箭手修筑街垒，一方面用改良吏政和减免赋税的方式安抚居民。但沮诵非常生气，把这种行为视为背叛，决定严惩这个昔日的情人。

"来吧，我的孩子们！"她来不及召唤还在远方平叛的"四凶"，就在大殿上命令她的侍卫，"你们的尹相已经背叛帝王，他在跟谋反者苟且。你们去替我把他带回来，我要跟他好好理论一番。"

士兵们以为这是情人间的恩怨，他们跑出王宫，在城里到处搜寻，最后从一座破旧的官办学堂里，逮捕了正在跟耆老们开会的皮雍，在他身上绑好红色丝线，嘻嘻哈哈地把他牵回了宫殿。

女巫看见皮雍，怒气再次被点燃了。

"你背叛了我，为什么？为什么？为什么？"

"我没有背叛，我只是想帮你寻找和解的道路。"

"我不需要和解，我要的是顺从。"

"不，你应该倾听民意。"

"我从不倾听虫子的声音。我要你回到我身边来。"

皮雍抬起头来，眼神坚定地望着对方："我一直在你身边，我只想拯救你。"

"来呀，把他给我用铜链锁起来。不，笨蛋，不是你们这种弄法！"女巫王看着缠在皮雍身上的红色丝线，歇斯底里地喊道，眼神里充满无限的幽怨，因为从这个男人身上，她望见了仓颉昔日的影子。她非常气恼地发现，她的所有情人，最终都会沦为仇人。她为此感到无限惊骇。

皮雍被士兵摘除红线，用铜链锁了，押入暗无天日的黑牢。为防止他日后因"王"成"圣"，女巫还割去他的耳朵和舌头，把这三件物品做成标本，放在自己的王座旁。她想发泄时，就拿起耳朵来痛骂，然后又放下耳朵拿起舌头，去倾听对方的回应。凭借这种古怪的方式，她维系着跟过气情人皮雍的亲密接触。

侍卫们都看得呆了，不知是女巫王的神经出了问题，还是他们自己的眼睛出了差错。

就在皮雍被士兵逮捕之后，学堂主屋里发生了一场骚乱。各族的耆老们压低嗓门，露出饱受惊吓的表情，开始争论要不要继续跟政府谈判。这场争论持续了很久，始终没人能说服对方，最后，所有人都变得精疲力竭，有人甚至当场晕倒，还磕掉了几颗残剩的门牙，好像已经为国家鞠躬尽瘁。

就在这时,从纷杂的人群中间,站起一个皓首长髯的老者,身躯像山岗那样伟岸,目光却苍老如水,仿佛来自远古时代。他便是传说中已被穷奇吃掉的前青丘国王昆吾。他一言不发地走过坐在板凳上的耆老们的身边,又轻蔑地回看了一眼,然后拂袖而去。

由于沮诵的胜利,昆吾被迫隐姓埋名,四处流浪,最后躲进青丘山的深谷里,耗费多年时间,在那里练出一支属于他自己的秘密军队,图谋着第二次复国的大业。在准备好所有的干柴之后,他又动身重返京城,打算从那里找出必要的内应。他期待的是点燃干柴的一小撮火星。他混入耆老的群体,开始跟皮雍接触,希望通过他去推翻沮诵的统治,但还没来得及深入,就眼睁睁看着对方被士兵抓走,而那些参与议事的耆老又如此昏庸,完全无所作为。他为此非常郁闷,觉得自己的苦心谋划,似乎又要化为泡影。

皮雍似乎已经从人群中认出他的身份。在被带走之际,皮雍仔细瞅了他一眼,然后朝众人微笑说:"我们都是老相识了。我要告诉你们,我没有犯罪,我的财富,是两袖里的清风。"

皮雍被逮捕后,昆吾长久地思索着他的留言。财富、清风,还有两袖,这肯定是一个谜语,但什么才是真正的谜底?他到底想告诉自己什么呢?

到了黑夜降临的时刻,昆吾偷偷溜进皮雍的府邸。这里的陈设质朴而简单,却被查抄的士兵弄得一片狼藉。昆吾坐在卧室的床沿上,借助明亮的月光,让目光从那些凌乱的物件中缓慢扫过,最后落在壁角的衣架上。那里挂着一件很久都无人问津的旧式蓑衣,苎麻袖子孑然垂挂在两边,一副形影相吊的样子。

"哦,那不就是皮雍所说的'两袖'吗?"昆吾微微笑了,走过去仔细摸索两袖,果然从里面摸出了一把钥匙。那么锁孔呢?锁孔又在哪里呢?昆吾走出屋子,又在庭院里转了一圈。正值风清月明时分,他抬眼望去,只见靠南的左厢房门上,悬挂着"清风"匾额。他心想这就是了,于是轻声推门入屋。

屋里空空如也,只有一把做工粗拙的摇椅,蒙着薄尘,形单影只地伫立着。昆吾坐上去,轻轻摇了起来,视线在屋子上方来回摆动。透过朦胧的光线,他发现梁上有个圆物,仔细辨认之后,方知那是鸟巢。他于是笑了,心想这皮雍真是绝顶聪明的人物。他从院子里搬来扶梯,爬上梁去,伸手到鸟巢里一摸,竟碰到一件冰冷的硬物。

是了,应该就是它了。昆吾心头狂喜,把硬物小心翼翼地搬了下来，就着月光一看，果然是那只仓颉留下的青铜匣子。月光依稀照亮了上面的精美纹饰，也照亮了他心头的希望。

昆吾的眼睛顿时湿润起来。他知道，这仓帝的遗物，从人间消失已经二十多年，而它的失而复得，将改变世界的悲惨面貌。他冒险进入都城，本来就是为了找寻这件宝物，不料得来竟如此顺手，也许这正是上天的意志。他轻轻抹去老泪，找来一块帘子，把铜匣裹上，大步出屋，消失在迷蒙的夜色之中。

"难道羽毛也有自己的灵魂？"

看着殷红的羽毛在前面逆风飘飞，如同一朵不灭的火焰，甲根好奇地问美。

美叫了一声，没有回答。绿棠凝视着红羽毛，表情忧伤地说："世间万物都有自己的灵魂，就连你的每一个脏器、每一根手指，都会思考和说话。"

红羽毛指引的方向，竟然是青丘国的都城，这点是三位飞行者没有料到的。夕阳西下，城市沐浴在瑰丽的暮光之中，街上行人稀疏，青黑色的屋顶像鳞片那样密集地展开，间隔着大片废墟和荒场，一直延伸到远处的山峦脚下，逐渐被灰白色的炊烟所笼罩。

美心里涌起一种巨大的感动,她对甲根叫了一声,似乎在提示他说,看哪,那就是你父亲和母亲诞生和成王的地方。

未来的国王俯瞰大地,为这从未见过的城市景观所震撼。它如此恢宏、苍凉,被高大的城墙环绕,犹如巨人之手描绘的画卷。"真他妈漂亮!"他憋了半天,好不容易吐出一句赞语。

红羽毛带着他们绕着城市飞翔,好像在向这个饱受创伤的城市致敬。天色渐渐变暗,大地完全被黑暗所罩,只有月亮照临这个清冷的世界。羽毛选择了一个长着大槐树的僻静院子,鹁鸪也随之降到地面,收起大翅,缩小身躯,站在甲根肩上,发出低抑的笑声。绿棠伸出手臂,让红羽毛飘落在自己的掌心里,收回了那件来自父亲的遗物。

这是一个杳无人迹的庭院,地面上布满经年不扫的枯叶,甲根踩上去时,它们薄脆的身子发出了断裂的声响。台阶上隐约还有几只死鸟的尸体。绿棠听见夜枭的叫声,周身的毛发突然竖了起来。美很纳闷,不知红羽毛为什么要把他们引到这个地点。甲根说,这里像是神庙。绿棠反驳说,不,这简直是一座死亡花园。

台阶上的庙门轻轻开了,门轴发出喑哑的嘎吱声。

从黑暗里冒出一个人来，步履轻盈，毫无声息，就像一头直立行走的大猫。甲根吓了一跳。鹈鹕却发出了喜悦的笑声，如同见了故人。美也咩咩地叫着，欢快地扑到他的怀里，如同看见了失散多年的父亲。甲根一下子就猜出来者的身份，他就是昆吾——仓颉的贴心弟子、前青丘国王、危的拯救者，以及美朝思暮想的故人。

昆吾把他们引向后殿，推开神像座下的一扇暗门，又把他们带入一间地下室里。这里烛光明亮，地上铺着折叠整齐的褥子，显然是他的藏身之处。

昆吾就着光线，先是看了一眼绿棠，然后又仔细打量了甲根，好像猜出了他们的来历："危在生前就发出了信息。我一直在等着你们，等得须发皆白。"

美含笑看了一眼甲根："咩！"

甲根说："你一定就是昆吾，美妈最期待的国王。为了跟你相遇，我都加快了长大的节奏。"

绿棠指着甲根说："我的这位哥哥，现在有了神通，而且还有了一些改变世界的想法。"

昆吾冲着绿棠点点头，仿佛知道她的来历，然后转脸对甲根说："要是如此，也许我可以把一件最要紧的宝物，交到你的手里。"

"什么宝物？"

昆吾神秘地嘘了一声:"那是你父亲的遗物。"

就在那只青铜匣子出现的瞬间,美感到了一阵剧烈的晕眩——那是她的全部生命和记忆。在那个雷电咆哮的夜晚,她偷吃了"龖"和"魔"的原字,以为可以就此除掉世界动乱的根源。她此前的最大遗憾,就是没有带走这只匣子,而昆吾意外地解除了她的全部遗憾。她满心欢喜,在他的脸颊上狂舔起来。

甲根嘴里发出"啧啧"的声音,故意做出不屑的样子,把目光转向那只匣子。在被仔细拭过的青铜表面上,是一些首尾相衔的龙蛇浮雕,彼此缠绕,与铜匣上方的提手,共同构成一个诡异的主环,跟他先前看到的生命树有几分相似。

在闪烁的烛光映照下,龙蛇环似乎在蠕动,细碎的鳞片说出一种暧昧的话语。但他定睛一看,蛇依旧静止在空间里,像树叶静止在树上。甲根忽然笑了:"我看见你动了,你这狡猾的东西!"

昆吾听见甲根对铜匣说话,也吃了一惊,他没有料到,这少年一下子就洞察了铜匣的秘密。没错,这小子果然是颉的后代。

美此刻的心思,全在昆吾一人身上。她记起昆吾率领仓帝的五个孩子仓皇出逃的场景,柔肠寸断地望着国王,却欲言又止。此后的许多年里,她都在反复打磨当时未能出口的言辞,心想总有一日能一吐为快,但此刻在昆吾面前,她竟再次失语起来。

"咩,咩!"她仰脸望着昆吾,发出了源自本性的叫声。

昆吾听见了羊仙灵魂深处的呼喊。他怜惜地轻抚她修长而柔软的卷毛,眼睛却望向甲根:"从今天起,这个匣子就是你的了。你务必不要再丢失了它。我们战胜沮诵的全部希望,都在这里了。"

甲根点点头,拿起冰凉的铜匣,如同抓住一块沉重的陨石。

二

女巫王沮诵始终没能找到仓颉的后人,就连前朝国王昆吾都不知去向。她的寻人魔法,在寻人这件事上已经彻底失灵。她怀疑有一个民间巫师集团在跟她作对,屏蔽了他们的气息。"四凶"的肆虐,没有给她带来真相,却给世界带来了无边的恐惧。

但这恰恰是她的一个意外收获。她不仅蔑视人民,而且嫉妒和仇恨他们,因为他们拥有家庭,夫妻和睦,儿女绕膝,而她却一无所有。她过于崇高,比青丘更高,甚至把云朵都踩在脚下,但人们如此低矮,矮到了跟野草和苔藓相同的地步。她的孤独于是应运而生。她要所有人都为此付出代价——在恐惧和绝望中生活,直到生命枯萎,变成毫无价值的尘土。

敌视世界的女巫每天都在生气,就连睡梦中也是如此。她在朝堂上咆哮,在床榻上呻吟,在睡梦中哭泣,每天都要喝掉整整一坛子老酒。是的,日渐颓废的身躯,渴望来自酒的安慰。酒改变了她的上朝方式。她坐在王座上,叉开双腿,跟那些排队上阵的士兵轮番交战。

他们的面容和裸体,因恐惧而变得模糊难辨,有时则像皮雍的复制品,浑身战栗,带着年轻男人特有的汗臭。宫女们匍匐在地上,专心擦拭着秽物。当侍卫们全体消失在宫门后时,一种更大的空虚把她卷起,像风卷起冬日的枯叶。最终,她软瘫在王座上,成了一个睁眼的死人,呆滞的目光,凝固在房梁的某个无意义的点上,直到第二天被宫女的铃铛声弄醒为止。

女巫很快就厌倦了这种纵欲方式。欲望位于身体的最深处,却没有任何一种根器能搔到痒处,反而让欲火变得更加炽烈。这欲望究竟是何物？为什么难以填满，又为什么挥之不去？她跑去黑牢向皮雍求教，但皮雍只是微笑而已。他丧失了舌头，无法说出那个秘密的答案。

她再次愤怒起来，把一条细小的肉干扔进了囚室，"喏，你的东西，还给你吧。"皮雍捡起来一看，那是他自己的舌头。

女王为极度的孤寂所困扰，指望得到上天的恩宠和庇护。她反复举行大规模的活人郊祭，每一次都要杀掉五百名谋反者和战俘，用他们的人头及其鲜血向天神行贿，每剁下一个人头，都会血花飞溅，引发围观民众的欢呼。他们从这种郊游娱乐项目里获得了巨大的快乐。但天神从未对这种残酷的献祭做出回应。他们高高在上，闭目塞听。

沮诵的怒气难以平息。她把自己的造物穷奇召进宫来，要跟它彻夜谈心。在这个月黑风高的午夜，混沌、梼杌、饕餮都守候在庭院的石阶上，而穷奇像狗一样匍匐在内室的青砖地上，盯着女主人光洁的大腿，黏稠的口水流满整座宫室。

沮诵开始对它发表长篇演讲，形容这世界由她一手缔造，却被那些正人君子弄得一塌糊涂。民众愚不可及，完全不懂得感恩，就连她给予最高信任的尹相，都在跟阴谋分子暗通款曲。她为此伤心欲绝，抱怨没人在意她创造世界的功绩，只是一味地缅怀仓颉，被他那可笑的成就迷住了眼睛。

她还不住地抱怨说，正是她本人发明了欲望，并且把它变成了火焰和能量。她是欲望女神和世间万物的母亲，她孕育了世间一切的一切，却要承受这巨大的误解。她指望用恐怖和死亡去教育愚民，但他们还是无法理解她的苦心。他们的蠢笨，简直到了令人发指的程度。所以，他们只配成为灵兽的食物。既然是她缔造了这个世界，那么她就有权回收一切，包括回收那些贱民的性命。

女巫被自己绝望的言辞所深深地打动，蜷缩在宝座上，用力绞着双手，放声大哭。从窗棂外斜射进来的月光，照亮了她失神而抽搐的面容。

穷奇听懂了女主人的宣言，而且还知道，它已经获准大开杀戒，可以吃光青丘国的人族。这一点令它感到无限喜悦。它舔干自己的唾液，倒退着走出大殿，跟另外三凶低语了几句，在屙出一大堆人类的头骨之后，扬长而去。原先躲在阴影里的士兵围了过去，望着那堆恐怖的排泄物，吓得魂飞魄散。

此后的青丘国正史,是这样记载这场大屠杀的:

沮诵三年,穷奇及三凶食人逾十万,伤者不计其数。民哀号于野,其声凄厉,不绝于耳。

甲根沉溺于对字匣的无穷探究之中。他从中翻出一大堆刻在龟甲上的原字,其中有些是好字,但大多是被废弃的坏字,还有就是一些看似无用的名词,跟山川、风物和神怪有关。

昆吾告诫他说,龟甲字的破坏力,比胛骨字更甚,这些字一旦面世,就会对世界产生毁灭性影响。甲根追问为什么不加以销毁,反而藏进匣子。昆吾说,那是妙的一念之差。颉临终前发话,要妙将匣子毁掉,但妙终究不舍,她留下了匣子,要借它的魔力去召唤颉的亡灵。

甲根嬉皮笑脸地说:"好吧,我跟绿棠研究研究,你忙去吧,美还想跟你叙旧呢。"

昆吾也笑了,跟美一起退出屋子,到别处切磋"家国大事"去了。屋里只剩甲根和绿棠两人,朝着这堆仓颉的神圣遗产发呆。铜匣和龟甲,现在都摆放在桌上,像一堆年代久远的古玩,但它们是活物,虽然没有发声,却在烛光摇曳之中,说出无声胜于有声的絮语。

甲根忽然注意到,在匣盖的反面,镶嵌着一层硬木板,而在硬木之上,有一个凹陷的小手印。他试着用小手比试了一下,轻轻一按,匣盖似乎有了反应。他又用力一按,木板居然从中间被打开了,里面是一对精致的黄铜兽头辅首。

绿棠眼尖,一眼就看见辅首下面有两个细小的圆孔:"咦,那是什么?"

甲根端详那两个小孔,随即笑了,翘起两根细小的六指,正要比画一下大小,不料手指竟自己做主,径直插进孔里,严丝合缝,如同为它们量身定制的一般。铜匣开始震颤起来,一道炫目的强光从铜匣里射出,辅首化成两扇大门。甲根看见,就在门的里边,现出一个明亮的新世界。

甲根很快就懂得,他无意中闯入的,是仓帝秘密营造的异世界。由于颉的世界已被沮诵的胛骨字所污染,颉不得不建造一个新世界来加以抵抗,他要在那里储存一切美好的事物。于是他在伏羲大神的帮助下,把人世间切割为两个平行的时空:其中一个叫"颉世界",也就是我们生存的现实世界;另一个叫"妙世界",以妙的名字命名。为了防范暗黑势力的入侵,字匣成了从颉

此后的青丘国正史,是这样记载这场大屠杀的:

沮诵三年,穷奇及三凶食人逾十万,伤者不计其数。民哀号于野,其声凄厉,不绝于耳。

甲根沉溺于对字匣的无穷探究之中。他从中翻出一大堆刻在龟甲上的原字,其中有些是好字,但大多是被废弃的坏字,还有就是一些看似无用的名词,跟山川、风物和神怪有关。

昆吾告诫他说,龟甲字的破坏力,比胛骨字更甚,这些字一旦面世,就会对世界产生毁灭性影响。甲根追问为什么不加以销毁,反而藏进匣子。昆吾说,那是妙的一念之差。颉临终前发话,要妙将匣子毁掉,但妙终究不舍,她留下了匣子,要借它的魔力去召唤颉的亡灵。

甲根嬉皮笑脸地说:"好吧,我跟绿棠研究研究,你忙去吧,美还想跟你叙旧呢。"

昆吾也笑了,跟美一起退出屋子,到别处切磋"家国大事"去了。屋里只剩甲根和绿棠两人,朝着这堆仓颉的神圣遗产发呆。铜匣和龟甲,现在都摆放在桌上,像一堆年代久远的古玩,但它们是活物,虽然没有发声,却在烛光摇曳之中,说出无声胜于有声的絮语。

甲根忽然注意到,在匣盖的反面,镶嵌着一层硬木板,而在硬木之上,有一个凹陷的小手印。他试着用小手比试了一下,轻轻一按,匣盖似乎有了反应。他又用力一按,木板居然从中间被打开了,里面是一对精致的黄铜兽头辅首。

绿棠眼尖,一眼就看见辅首下面有两个细小的圆孔:"咦,那是什么?"

甲根端详那两个小孔,随即笑了,翘起两根细小的六指,正要比画一下大小,不料手指竟自己做主,径直插进孔里,严丝合缝,如同为它们量身定制的一般。铜匣开始震颤起来,一道炫目的强光从铜匣里射出,辅首化成两扇大门。甲根看见,就在门的里边,现出一个明亮的新世界。

甲根很快就懂得,他无意中闯入的,是仓帝秘密营造的异世界。由于颉的世界已被沮诵的胛骨字所污染,颉不得不建造一个新世界来加以抵抗,他要在那里储存一切美好的事物。于是他在伏羲大神的帮助下,把人世间切割为两个平行的时空:其中一个叫"颉世界",也就是我们生存的现实世界;另一个叫"妙世界",以妙的名字命名。为了防范暗黑势力的入侵,字匣成了从颉世界走进妙世界的唯一通道，而甲根的那对第六指，就是开启大门的唯一钥匙。甲根惊讶地想，颉的设想，不但妙不可言，而且深不可测。

但妙世界并非冥界，也不是天堂，而只是一个平行的彼岸世界，由仓颉的欲望和文字所造，具有某种洁净而完美的气质，是黑暗的颉世界的反转。跟天堂的最大不同在于，它遵循一种奇怪的时间逻辑：时间之水可以在过去与未来之间自由流动。朽坏的事物只要被反向触动，它就会掉头逆行，向初生的方向流去。操控时间的把手，藏在每个人的内心。这意味着妙世界的所有场景，都会随旅行者的心性展开。这很容易造成某种误解，好像人在其间看到的，只是魔法师制造的幻象。但事情的本质恰好相反：所有的影像都很真实，而且不可更改，唯一可以改动的，只是诸影像之间的时间顺序而已。

未来的国王独自进入仓颉营造的符号迷宫，在穿越弯曲而漫长的林中小径后，抵达高耸入云的山巅。只见一座巨大的石质日晷，四周环列着高大的石墙，以及二十四扇大小不一的石门。日晷的中间是一根黑色石柱，从大地径直向上，插入苍穹的深处。甲根猜想，这应该就是世界的轴心了。

他踩着厚厚的树叶,循墙根走了一圈,发现门上刻写着从立春到小寒的十二节名,以及从雨水到大寒的十二气名,合起来正是二十四节气。甲根后来才知道,仓颉发明的历法,在他生前死后的很长时间里,都曾是不可告人的秘密。

有个声音在耳边低低地叫道:"打开它们,让阳光进来。"

甲根试图推开那些门扇,但它们纹丝不动。他忽然想起衣兜里的那颗琥珀,于是掏出来比画了一下,发现轴心上有个大小合适的凹槽,像是预设的锁孔。甲根把琥珀镶嵌进去,严丝合缝,显然就是量身定做的钥匙。

"日神之眼"开始闪烁和发亮,射出彩虹般的七色光芒,随后,二十四扇石门自动开启,刺目的阳光咒语般投射进来。这时,日晷开始有力旋转起来,形成奇幻的时间光流。他吃惊地发现,自己身上的一切都在发生剧变:破衣烂衫恢复了往昔华服的模样,手脸上的污渍被清洗干净,蓬草般的头发也变整洁了。

日色变得苍茫起来,日晷已经从山顶上飞走。他带着这种变化,步履迟疑地踏入那个被开启的世界……

绿裳在屋里等了很久,眼看甲根抱着青铜匣子,纹丝不动,仿佛变成了一尊泥塑。日影在他背上爬行,在凹凸不平的墙上爬行,在洁净的青砖地上爬行,像毛虫那样缓慢,经过漫长的徘徊,最后消失在黯淡的暮色里。

报时的钟声在远处响起,甲根好像被敲了一下,身体猛然一震,从泥塑的状态中活了过来。他转身望着绿裳,双瞳变得更加皎洁和明亮,散发出咄咄逼人的神圣气息。他周身的温润光芒,还照亮了昏暗的小屋,照亮了绿裳的眼睛、鼻尖和每一根发丝。

望着甲根的脱胎换骨,绿裳大惊小怪地叫道:"好奇怪,你站了近两个时辰,却好像整个都变了样子。上次出洞时也是这样。哦,你真是一个非常奇怪的男孩。"

她目不转睛地望着他,眼神竟变得有些痴迷。

"嘘——我知道你是九尾狐的后代,你是半神半兽的精灵,但我不告诉别人。我们彼此保密,好吗?"甲根望着对方,露出了诡异的表情。

甲根还有一个秘密没来得及告诉绿裳:在妙世界里,他走进一间散发芬芳的茅屋,从那里读到一篇刻在海龟背甲上的短文,知道自己是仓颉之后,由狐正传授识字和刻写,又先后三次从伏羲、地神和日神那里接受洗礼,每一次都是昆虫式的蝶化和蜕变。借助妙世界的魔法，他终于找回了丢失的家人，还有丢失的自己。

甲根满心喜悦，牵着绿棠的小手走出神庙，见美依然还在庭院里跟昆吾私会，就没敢去打扰他们，想贴着院墙悄悄溜走。

美思恋昆吾久矣。她试图越出自己的物种边界，跟人族的精英结合，虽然这违反了神界的律法。昆吾对她说出催眠般的耳语，而她幻化成女人，神思恍惚，沉迷于昆吾散发出的气息。

望着甲根焕然一新地从屋里走出，昆吾吃了一惊，从缠绵的情意中醒来，挣脱美的胳臂，冲着甲根叫道："怎么回事？你是怎么做到的？"

绿棠说："他第二次脱胎换骨了。"

昆吾很欢喜地说出祝词，内心仍然充满焦虑。他无法相信，单凭甲根和美，还有那个可能是危的女儿的小女孩，能够击败穷奇那样的劲敌。他的脸上浮出了忧心忡忡的微笑："既然如此，我们不妨来聊聊下一步计划吧。"

美的好事被甲根和绿裳撞破，心中有些失落，兀自坐在一边，半天都没吱声。

三

甲根并未像昆吾所期待的那样，参与到起义的密谋之中，相反，他沉迷于妙世界的秘境，难以自拔。他给铜匣起了一个名字，叫作"妙门"，它成了甲根的隐秘学堂。他每天都要从那里出入，犹如学生到学堂里点卯，而绿棠负责替他望风。

他先后三次回到日晷的时空，在那里探究颉所创造的二十四扇神秘之门。它们均匀地分布在晷盘边缘，每个"节"和"气"，都是太阳之门被开启的时刻，在那天的正午时分，宇宙赋予了人类最大的能量。一块由仓颉亲自篆刻的红色岩石，以两百多个甲骨字，诠释了日神能量的三种基本要素——智慧、力量和挚爱。

在妙的世界里，还保存着颉童年的全部记忆。甲根走进父亲出生的村落，觉得一切都如此亲切，似乎自己从前曾在这里住过。阿嚓率先发现了甲根，大惊小怪地叫了起来，因为他长得跟颉哥哥一模一样。她把他领到外婆跟前，就连外婆都吓了一跳，手里的菜钵掉在地上，摔得粉碎。

甲根看见她们，仿佛看见了亲人，眼泪不争气地掉了下来。他用手背狠狠抹掉那些咸涩的液体。

阿嚏冲着他笑道："现在我不能打喷嚏了，一打，屁就会掉出来的。"

甲根躺在外婆身边，听她说颉的故事。妙世界的月光分外明亮，照亮了外婆脸上密集的皱纹，它们像岁月的沟壑，填满了各种奇妙的记忆。外婆常常把故事说到一半，就发出了嘹亮的鼾声，甲根只好转身去挠阿嚏的脚心，可阿嚏没有发笑。阿嚏说："我非但不能打喷嚏，而且也不知道痛和痒了。"

甲根很惊奇地望着这父亲童年的玩伴，觉得她肯定是一位来自天界的袖珍仙女。

在第五次进入"妙门"时，甲根终于遇见了它的主人——妙，当时她正坐在溪水边的磐石上边洗脚，有一条用针线缝补过的裂纹，垂直地贯穿头颅和身躯的中央。她跟鱼群嬉戏，脸上洋溢着难以言喻的光辉。她的手像章鱼一样展开，又像珊瑚一样绽放，左脚趾跟右脚趾说话时，像水母在呼吸与开合。

妙一眼就认出了蹚着河水走来的甲根，招呼他挨着自己坐下，笑吟吟地上下打量，像是在观看一件丢失很久的宝贝。她说："真好，我的孩子，你终于回家了!"

妙把甲根带到一间大屋,梁上有一张用鹿筋编成的大网,悬挂着无数刻满文字的龟甲。穿堂风推搡它们,进而叩击声音空洞的外壳,让它们摆动和彼此碰撞,就像在递送一种隐秘的暗语。妙告诉他说,这是颉和他的弟子们共同创造的文字。由于这些文字,新世界被创造出来,并有了今天的壮阔面貌。

未来的国王站在那些龟甲下面,听见它们在议论他的名字,最初感到有些晕眩,但随后便与那些文字融为一体了。他识别出诸字的字义,而且掌握了它们的各种用法,无论是象形、会意、指事还是形声。他甚至透过那些龟甲,看到当年仓颉领着弟子们刻字的热烈场景。

门徒中有个容颜美丽的少女,浑身散发出情欲的幽怨气息。甲根过于年轻,不懂得那种能量的性质,他后来对美形容说,她是一个奇怪的火女,双手紧紧抓着牛胛骨,眼睛不停地往外流出沙子,身上燃烧着暗红色的火焰,而当火焰熄灭时,她就变成深黑色,跟暗夜完全融为一体。

在此后的几次妙世界旅行中,甲根还看见那少女在山坡上敲碎牛胛骨,脸上带着愤怒的表情,甚至看见她用斧子将妙的身子劈成两半。美后来告诉甲根,这个女人就是你的仇人沮诵。她杀害了你的父亲和母亲,还有你的义父和师父。"

甲根的怒气终于被彻底点燃了。他在一片炙热的龟甲上刻下一个大大的"恨"字,意思是"我的仇恨意志,就像山岳那样巨大而不可撼动"。"恨"字代表了他的誓言。他把那片龟甲交到美的手里,像交付一份不可更改的遗嘱。

绿棠说:"你的眼睛今天很红。你从前一定受过很多很多苦,你有很多很多的怨恨。"

甲根紧咬下唇,却没给出任何回答。

美一直在期待这个时刻。她幻化为美女,用带羊族口音的人语说:"咩咩,我的孩子,走吧,起义的日子已经近了。"甲根吹了一声口哨,鹒鹒衔着红羽毛从大树顶上飞下来,发出惊悚的笑声。他们于是骑上大鸟,朝暗红色的远方奋力飞去。

沮诵的士兵们正在附近挨家挨户地搜查,要找出那些躲藏在城里的叛乱分子。他们先是逮捕了一些可疑分子,随后便听见怪鸟的笑声,还看见天上掠过黑色的影子,但他们的箭矢追不上那闪电般的事物。他们觉得非常沮丧。一名年老体衰的士兵抱怨说:"我的眼睛花了,我好像看见了天神。"

甲根降落在仓颉出生的村落遗址。身穿白袍的昆吾正站立在高地上，四周簇拥着大批全副武装的士兵。他看见甲根、美和绿棠翩然而至，便微微一笑，从满头的皓发中拔下最后一根黑发，用火点燃，结果烧成了一支奇异的火炬。他把这火炬高高举起，甲根随即就听见了来自四面八方的鼓声。它们在远方隆隆滚动，犹如早春时分的雷声。

美对甲根说："听啊，那是人们起义的声音。"

黎明时分，高地四周已经聚集了数千名手持铜戈的农夫。他们要么步行，要么骑在牛背上，脸上涂着黑炭，身披兽皮制成的盔甲，一望即知是训练有素的军队。昆吾花费三年时间，精心培育了这支军团。路过的信风隐瞒了这个天大的秘密。在他们的身后，还有来自黑齿族、瓘头族、独臂族和三头族的部落军团，他们的人数成千上万，站成了密集而辽阔的方阵。

长有红色气囊的帝江也在兽群里，庞大的身躯像皮球那样滚动，艰难地向高地行进。绿棠喜出望外，举手喊着它的名字，仿佛看见了失散已久的亲人，帝江则朝她发出了号角般的呼喊，语音含混，但语义鲜明：

"革命，革命，革命！"

太阳如婴儿从山峦的尽头爬升起来，露出绯红色的粉嫩表情，令甲根想起那些被大羿射杀的小日神们，以及太阳女神羲和的温柔姿容。由于日神家族提供的能量，时间的转轮跃入了惊蛰时分。大地呼出淡淡的烟气，桃花、梨花和蔷薇含苞欲放，小虫子打着哈欠醒来，偶蹄动物用前蹄刨着沙石，摆出蓄势待发的姿态。起义的时刻已经到来。

昆吾换乘了一头黑色的大虎，再次向世界举起苍老得近乎枯槁的手臂。而这一次，纤细的黑发已经燃尽，火焰向下延烧到手臂，就像一支朽木制成的火炬，在剧痛的战栗中，放射出触目惊心的光辉。绿棠托起她的哨龙，让它的哨声可以传扬更远。帝江的身躯渐渐变得鲜红，它鼓起气囊，继续吹出号角般的强音。

甲根戴着美替他缝制的雪松树皮头盔，上面插着危变成的红羽毛，骑在鹳鹛身上，俨然是一位少年战将。黑压压的人群在传扬他的名，好像在说一个惊天动地的秘密——他是仓帝的儿子、字造家族的继承人，而且他就是未来的国王！

此后所发生的一切，《青丘杂记》已经无法详尽陈述了。那是一场混乱而疯狂的战事，各国战士形成巨大的涡流，涌向重兵把守的京城，犹如咆哮的洪水。女巫沮诵的军队从未见过这样的阵仗，吓得丢下青铜盾牌和矛戈，四散而逃。

但"四凶"分别守住京师的四个城门，令义军望而却步。它们的超能战力和血盆大口，阻止了最高统帅昆吾的军事进程。义军尸骨在城墙下迅速堆叠起来，犹如一座座触目惊心的山丘。

甲根用龟甲上的一个"胳"字，为昆吾更换了烧焦的手臂。但最高统帅并未因此心情舒畅起来。眼见士兵大量折损，战事无法推进，他万般焦虑，开始在自己的营帐里酗酒。砸烂酒坛子的声响惊动了美，她神色不安地对甲根叫着，仿佛在说："小东西呀，你还得帮一下老爹，他愁得都快要死掉了。"

甲根不知如何帮助昆吾。他只是一个不谙世事的少年。他该如何出手去跟"四凶"对抗呢？鹄鹄飞到前线去窥探战况，然后回落在他的肩上，对他的耳朵低语，发出古怪的笑声。依据鹄鹄的报告，他在石板上画出了"四凶"的形象，盘算着怎么打败它们，想得脑袋都快抽筋了，却没有丝毫进展。

绿棠在一旁观望了很久，突然开口嘲笑道："你这鬼精鬼精的小猴子，看你平时诡计多端，关键时候就不行了。沮诵用刻字术杀死了你的父母，你为什么不能以牙还牙?"甲根被女孩的激将法点醒,犹如被日光照亮,心里忽然冒出一个主意。

于是他去找昆吾和美,要求立刻召开会议,然后向首领们说出了自己的计划。他是仓颉的儿子,所以他要用字造的魔法去对付"四凶"。伟大的字造术如此神奇,既可以用于创造,也可以用于毁灭。当时首领们全都眉头紧锁,正处于一筹莫展之中,而甲根说的法术,转眼间就让他们露出了笑颜。除了昆吾,他们全都对甲根父子的神通深信不疑。

义军正面攻击的南门,由穷奇守卫,而它是最难对付的角色,所以只能先从另外三凶下手,而西门的混沌,就是甲根第一个要剪除的对象。

混沌是煞兽家族的另类成员,长着黑色毛发,貌似一头笨拙的熊罴,没有五官和内脏,也没有灵魂,虽然贪吃,肠子却是笔直的,所吃的食物会从腹腔穿过,然后从肛门口径直掉了出去。甲根说,只要吃进去一堆石头,而且屙不出来,它就会被活活胀死。

第二天早晨,甲根和绿棠骑着鹘鸼来到西门,在那里刻下"破"字,造出一大堆裹着兽皮的石头,愚笨的混沌果然无法分辨食物的真假,它大口吞吃那些人工小兽,以为是一顿鲜美的早餐。它的腹部很快就被塞满沉重的石头，以致肚皮破裂，臭气熏天地死去。那根粗大的肠子被义军切割下来，在清洗干净之后，制成一项巨大的营帐，可以用来举办五百人的宴席。

甲根又来到梼杌把守的东门。这头煞兽在老虎般的身躯上，长着一张丑陋的人脸，还有野猪般的獠牙，以及一条横扫世界的巨尾，算得上是世间最丑陋的魔兽。甲根在龟甲上刻写它的名字，然后大声嘲笑说："看你的名字，都带着木头，想必你是一只树精。我不妨把你点火烧了。天气挺冷的，就当是给大伙儿烤烤火吧。"

他在龟甲上添了一个"火"字，火就这样在甲片上燃烧起来，噼啪作响，吞噬了"梼杌"两字。煞兽痛得在地上打滚，发出惊天动地的哀嚎。人们虽然看不见梼杌身上的明火，却能看见它的毛发变成暗红色，迅速地枯焦和消失，最后全身都化成黑色的焦炭，只有四只巨大的獠牙脱落下来，插入泥土，其上犹自带着义军士兵的鲜血。

甲根又带着绿棠飞到了北门。面对煞兽饕餮，在龟甲上刻下一个"鲜"字。绿棠在一边嘲笑说："把羊肉和鱼肉炖在一起，味道真的会很鲜吗？"甲根说："那是我骗那傻瓜的。"他用第六指去激活"鲜"字，然后取下背上的红色大弓，把甲片射向天空，天上很快就下起了羊肉雨和生鱼雨,噼里啪啦地砸在守城士兵的脑袋上,把他们弄得狼狈不堪。

饕餮张开大嘴,去承接这些来自天上的馈赠,在一番狼吞虎咽之后,忽然意外地发现,自己的身躯正在散发出比这更为鲜美的气息。这是何等奇妙的变化呀!它被自己的肉身诱惑,先是用鼻子贪婪地嗅着它的味道,继而张口啃咬自己的四肢,接着又借助长舌大啖身躯,就连肩膀、脖子和下颚都被逐一蚕食。这场自我吞噬的盛宴,耗费了整整一个时辰。在场的士兵们看得目瞪口呆。

当一切都结束时,饕餮只剩下一个带着上颚的头颅,仰脸朝向乌云密布的天空,眼神黯淡,而长舌头继续在泥地上跳动,像一条被潮水冲上河岸的大鳗鱼。昆吾的士兵们蜂拥而上,用乱刀把长舌剁成肉酱,而那个沉重的头颅,则由两百人抬回大营,成了铸造青铜器的写实样本。

黄昏时分,甲根骑着鹕鹕重新返回南门,在处置完三只凶兽之后,他要去直面他的宿敌穷奇。美和绿棠在后面紧紧跟着,想要亲眼看看这场终极之战。穷奇远远地闻到了他的气味,再次发出骇人听闻的吼叫。它似乎已经知道其他三凶的死讯,开始变得局促不安,除了吼叫，还不断用爪子敲打大地，惊起方圆十里的浮土。整座都城都被笼罩在这恶狠狠的迷尘之中。

甲根隔着护城河说："我这是第二次跟你这丑物见面了。你杀死我的两位亲人，摧毁了我的童年生活，今天，就在这里，我要替他们和我自己报仇。"他点燃一支火把，用大弓把它射出，向怪兽发出决斗的信号。

火炬击中了穷奇的脑袋，在前额上留下一个耻辱的印记，就像在公开嘲弄它的愚蠢和低能。穷奇怒不可遏，大吼一声，拍打着巨翅飞越吊桥，朝那追踪多年而不得的猎物狂奔而去，脚下的旋风再次卷起漫天尘土。而它的身后，分身们也在噩梦般地涌现，其势如排山倒海。

绿棠望见迅速逼近的穷奇们，突然记起父亲遇难的场景。她的恐惧启动了自我防卫的本能，尾巴像孔雀翎毛那样猛然竖起，现出九条白色尾巴的幻象。

沮诵的士兵在城头看见了这幕，高声叫道："看哪，九尾狐，那是九尾狐！"

甲根也瞥见了绿棠的九尾，心想小姑娘平日藏得好深，哈哈一笑，闪身挡在她身前，向穷奇轻蔑地挑衅说："我一看就知道，你不过是一根牛胛骨而已。"他放下大弓，从衣兜里掏出一根骨头："你看好了，现在我要用父亲的方式来收拾你。"

他伸出六指，用"无影之针"在牛胛骨上切割起来，掌心里"日神之眼"的光芒隐然可见，这意味着伏羲魔法正在被日神能量所加持。只有美和绿棠留意了这个细节。她们清晰地看见，在牛胛骨的中段，出现了一道深入骨髓的刀痕，而穷奇随之顿住脚步，痛得大叫起来，仿佛折断了整个身躯。

甲根又在胛骨上刻下第二、第三道刀痕。穷奇再次发出地动山摇的哀鸣。

他掏出一把锤子，露出顽劣的笑容："你这杀胚，现在看清了，我要用沮诵杀死父亲的方式来毁掉你。"他在牛胛骨上轻轻一敲，穷奇站立不住，轰然倒下，带动所有分身都跟着倒下，由此引发了大地的剧烈震动。

甲根又加力敲了一下，穷奇惨叫一声，开始疯狂地抽搐和打滚。甲根敲到第三下时，穷奇已经是强弩之末。它仅仅抖动了一下身躯，便彻底软瘫，化成一堆毫无生气的腐肉，而分身们则不见踪影。

义军阵营里发出震耳欲聋的欢呼，犹如雷声滚过沉闷的大地。

昆吾抚摸着黑虎王的脑袋，不禁老泪纵横："我们……终于赢了……"

"这坏蛋如此不堪一击,我还没敲碎骨头,它就提前一命呜呼了。"甲根掉头跟美夸耀说,脸上露出轻蔑的表情。

绿棠收回了九尾的幻影,但还没从惊吓中摆脱出来:"那个坏东西终于死了吗?这是真的吗?你没有骗我吧?"

甲根笑了:"绿棠妹妹该给我一个什么奖励呢?"

绿棠脸一红,把自己的尾巴尖尖藏在掌心里,然后握住他温热的大手。

甲根明知故问:"这是什么呀?"

"一、一条围脖。"绿裳满脸通红。

"骗人,刚才我明明看见了九条。"甲根正要揪住尾巴跟绿棠亲热,众人却发出了一片惊呼——穷奇的尸体竟消失不见了。

绿棠一跺脚收回了尾巴,恨恨地叫道:"我们都被这坏蛋骗了,它这么狡猾,居然会装死!"

未来的国王有些狼狈,赶紧自我安慰说:"它逃得了今天,逃不了明天。下一回,我要用更厉害的方法弄死它。"

他的鼻孔里喷出了成熟男人的灼热气息。

第六章　沮诵

一

许多年以后，人们还在不倦地传颂甲根的神迹，并把它录入野史《青丘杂记》的增补本里。它清晰地告诉后人：甲根用"破"字杀死了混沌；用火烧死了梼杌；又用"鲜"字击败饕餮，令它陷入自我吞噬的困境；最后用锤骨法打伤穷奇，令它装死并负痛逃走。他出神入化的字造法术，决定了这场恶战的最后结局。很多年以后，这种法术成了最古老的秘密，跟《青丘杂记》一起，消失在无数简册的缝隙里。

守城的李将军见"四凶"被甲根逐一清除，长叹一声，口吐鲜血，下达了全体投降的命令。城头上的沮诵大旗被放倒了，城门轰然开启，义军高举火把涌进城去。居民们拿出家里仅有的食物上街慰劳，整座城市都开始了被解放的狂欢，就连月亮和星辰都在掩面而笑。

女巫王沮诵独自躲在宫殿深处，听着外面的喧嚣，知道王国末日将至。她还在犹豫是否应该实施巫术抵抗，大门已被粗暴地撞开，义军迅速占据了整个大殿，数十支长矛和斧钺对准了她的胸脯。透过那些烛光和凌乱的火把，她看见甲根、昆吾和美出现在自己面前，犹如一场令人沮丧的噩梦。沮诵刚要施展魔法，甲根已经用藤蔓捆住了她的手足。

昆吾望着昔日的师妹和当下的敌手，一脸嘲讽地笑道："认识我和这位小友吗？他就是你每天都想要除掉的仓颉之后。他将亲手执行你的死刑。"

沮诵一眼就认出了白袍皓首的前国王，脸上露出不屑的表情。她又把目光移向少年，傲慢地问道："你是谁？难道你是颉的儿子？"

鹄鹄用笑声代替了甲根的回答。甲根仔细打量着这个臭名昭著的女巫国王，被她的美貌震惊了。他无法想象的是，一个邪恶的灵魂，居然拥有如此美丽的皮囊。这荒谬的现实，彻底毁掉了他对世界的天真看法。

夜深人静时，在宫室外的临时营帐里，昆吾抚弄着美的卷毛，跟甲根展开了一场秘密的对话。

甲根问："为什么会这样呢？为什么美与恶可以出现在同一个物体里？"

昆吾说："在你成为新国王之前，要学会越过外表看清事物的本性。它们有时是统一的,有时却是相反的。跟妙世界截然不同,在颉世界里,大多数事物都有一张具有欺骗性的表皮。只有掌握两种不同的法则,你才能往返于这两个世界而不会出错。"

"为什么我不能出错?"

"因为你将要成为国王。你犯错的结果,就是让整个世界都陷入危险。"

"为什么我要去当什么国王?"

"你父亲还有一些肉生的孩子,但他们不是字生的,缺乏通神的灵性,不适合担任如此重要的职位。"

"我要怎样才能不出错呢?"

"孩子,你不但需要魔法,而且需要更高的智慧,它能帮你洞察一切。"

甲根追问道:"那什么才算是更高的智慧?"

昆吾想了一下,眼神变得迷惘起来:"那得去问你的父亲。"

美咩咩了两声,表示了深深的赞许。

昆吾释放了皮雍,并将跟他一起担任新王国的左相和右相,而沮诵则被送进了从前关押皮雍的牢房。盛大的复国登基典礼,将在十天后的清明节举行。甲根在御前会议上宣布，要对沮诵施用酷刑——刺瞎她的眼睛，然后关进地牢，永不释放。他说出这个决定时，眼神里装满了来自整个天地的恨意，而且像岩石那样坚硬。在座的所有人都因这仇恨的气息感到窒息。几天后，这个秘密消息传遍了整个青丘国。

美望着神色坚定的甲根，对昆吾咩了一声，仿佛在说："你看，他已经是个大男人了。"

甲根遵循美的暗示，再度回到妙世界，试图在审判沮诵之前，去跟父亲做一次长谈。胜利并没有给他带来任何喜悦，反而把他推入无可名状的焦虑之中。但他从未在此遇到过仓颉，而且这次就连妙都不知去向。河边的青石板上，只留下她洗脚用过的葛巾，其上犹自带着淡淡的芳香。

他又去找外婆和阿嚓，指望从那里找到仓颉的线索，但她们只是对他摆手微笑，好像跟他隔着一层无法逾越的透明幕帘。他不知道这究竟是什么缘故。他像一个失去方向的少年，盲目地流浪在这没有黑夜和饥饿的迷宫。

在登基典礼前一天夜晚，甲根再次回到这里，却依然一无所获，只是远远望见了那座久违的日晷。他奋力登上山顶，站在世界轴心的底部，从那里施展魔法，在掌心刻写一个"返"字，试图推动时间转轮的倒行。日暑果然由左而右地倒旋起来，日光和月华像经线和纬线，织出那些昔日的影像，并完全依从了甲根的意志。

甲根看见，父亲仓颉紧握沮诵的手，在龟甲上刻下"且"字，说是要创造一个神奇的"字孩"，而把这种生子过程叫作"字孕"。在那个传奇年代，它是比分娩产子的"肉孕"更为神圣的生殖方式。沮诵痴痴地望着仓颉，满眼都是柔情蜜意。

他也看见，仓颉与妙受到岐舌国王虎仲的诱骗，前往该国参加字造大会，指望借此推动文明进程。出发前，仓颉将"且"字交给妙，希望她好好保管。不料，妙自己也被女巫沮诵囚禁，危急之中，把"且"字交给同情她的岐舌国王子狐正保管。狐正把此字藏在身边，在跟随父王征服青丘国时，又把它藏入伏羲神庙的废墟。

他还看见，在那个雷电交加的午夜，田鼠背负着龟甲在行走，如同背着一把遮雨的大伞。龟甲被雨水洗濯，露出刻写在其上的"且"字。一道闪电击中龟甲，田鼠转身逃走，而龟甲化作一团金黄色的火焰。那"且"字在火焰中膨胀和生长，变成一个拳头般大小的袖珍男婴，长着六指和硕大的小鸡鸡。

朝阳无限喜悦地升起来，植物打开花骨朵来庆贺这件大事，无数鸟雀在瓦砾的上空搭起凉棚，赞美一个新生命的诞生……

越过这些被记录的影像，甲根第一次知道了自己的真名和来历。他没有料到，他的头号仇敌竟是他的母亲！而且，从某种意义上说，他跟沮诵的血缘关系，比跟妙的更加紧密。这是多么巨大的讽刺啊！他无限悲痛地想。而更令人悲痛的是，他必须尽快做出决定，去处置那个人世间最邪恶的女人。为此他的灵魂发生了严重分裂，如同脑袋被真相的雷电劈成了两半。

在返回颉世界的途中，甲根意外地看见了父亲颉的高大身影。他等候在道路的尽头，然后朝从未谋面的儿子信步走来，用柔和的目光注视着他，仿佛在追认少年的身份。他的目光最初是迟疑的，而后就渐渐变得温热起来。

"你为什么要一次次找我？我跟你有十几年的年龄差，并不需要这种亲密接触。只要拥有进入妙世界的钥匙，你就足以掌握自己的全部真相。"

"我要你告诉我母亲的意义。"

"你必须先知道父亲的价值，而后才会懂得母亲的意义。"

"我只知道，父亲是那种没有乳房的母亲，但母亲又是什么呢？我从来没有喝过她的乳汁，我有过一万个形形色色的奶妈。我很想知道，在没有乳汁喂养的情况下，母亲究竟代表什么？"

仓颉笑了："孩子，母亲就是那个虽然你没有喝过她的乳汁，却可以跟她交换生命的女人。"

甲根的心怦怦直跳——他听见了一条世间最可靠有力的判词。

颉爸爸的影像从眼前消失了，就像来去无踪的雾气。日晷静止下来，宇宙回到了石化、冰冷而缄默的状态。

甲根像往常那样回到颉世界，带着最新采摘的新鲜记忆。这次没有绿裳在身边守护，因为小女孩早已睡去，掉进了自己搭建的梦乡。他在营帐里刚迷糊了一会儿，天就已经亮了。他忐忑不安地走向宫殿，步履沉重得要命。他的肩头上，一边担着责任，一边担着亲情。晨曦照亮了他的后背，像照亮一块移动的岩石。美尾随其后，感知到了他的异样，却不敢出声探问。她有一种极度不祥的预感。

典礼前的气氛显得异常严峻。甲根独自坐在高台下沉默不语，绿棠忐忑不安，就连鹆鹆都失去了笑声。昆吾和皮雍在等待他的号令。沮诵被五花大绑地带上来了。她咯咯笑着，好像即将奔赴一个喜宴。

甲根被她的笑声唤醒，茫然四顾，仿佛刚刚想起了典礼的存在。他瞥了一眼沮诵，然后径直登上高台，其他人紧随其后。数万民众像开水一样沸腾起来，为他们拥有如此年轻的新国王而喝彩。

甲根不知该对那些面孔陌生的人们说些什么。他们集结起来，形成一种叫作臣民的古怪团伙。夔鼓被密集地敲响了，群山在远方发出友好的回声。越过温热的阳光，他感觉自己正在被父亲的大手刻写。颉的手如此温暖，抚慰着遍体鳞伤的肉身，而刀子如此有力，描述着灵魂、意志和爱的边界。他从未像此刻那样，感受到充溢全身的雄浑力量。

他抬起头来，凝视着昆吾和皮雍说："我，仓颉的儿子，颉二世，今天要在这里，以这国新王的名义宣布，沮诵的时代结束了！"

民众喜笑颜开，在台下发出动物般的欢叫。

一名老眼昏花的前朝史官望着高台，扳着手指对人议论说："从皋陶、仓颉、昆吾、沮诵到甲根，这是青丘国第五次举行登基典礼了。我好幸福,我是这些大事的见证者。"他身边的乡亲们听罢都笑了,露出肮脏的黄牙。

台上的甲根又说:"作为新国王,现在我要颁发我的第一道命令。"

所有人都在默默期待。就连昆吾和美都不知道,少年国王要做出什么惊世骇俗的举动。

甲根指着沮诵说:"这个女人,杀死了无数国民,实属罪该万死。但昨天晚上我才知道,她是我的母亲,她跟仓颉一起制造了我,赋予我形体和生命。所以我决定运用国王的权力,赦免她所犯的全部罪恶。"

士兵和农夫们一起发出失望的惊叹,犹如潮水的一次急速后退。美也大吃一惊,差一点叫出声来。

少年国王走到沮诵面前,用"无影之针"切断麻绳,释放了目瞪口呆的沮诵。

沮诵望着甲根,根本不信这猝然发生的事。她的脸色变得异常苍白,就像蒙受了极大的羞辱和惊吓。她乘人不备,夺过侍卫手里的青铜利剑,用它划过青年国王的脖子,一举割断他的喉管,仿佛在急于切断跟他之间的血脉关联。

鹄鹈扑棱着翅膀,发出前所未有的凄厉叫声。台下汹涌地骚动起来，士兵们持钺冲上了高台。

新国王感到一股灼热的液体从喉咙里喷溅而出，气管和肺部弥漫着令人窒息的痛苦。他无力地倒下，蜷缩在血泊中，很快就失去了知觉。尚未来得及闭合的眼睛，失神地望着铅灰色的天空。绿棠一把抱住他逐渐冷却的身躯，放声大哭。

这时的羊仙，再也无法压抑自己的冲动。她幻化为一个身披羊皮的美人，眼含热泪地走上台去，当众开口说话，道出大神伏羲给出的谶言和诅咒——甲根将被他自己的母亲杀死，但他很快就会复活，而母亲也会获得永生，只是双目失明，全身骨头俱断，只能像虫子那样在地上爬行，靠进食土和蚯蚓维生。这个神的预言被她压在舌根下，已有好些年了。此刻她全部吐出，终于如释重负。

人们在台下听得张口结舌，好像听见了最不可思议的神话。

沮诵却哈哈大笑，持剑向后退走。侍卫们紧紧包围住她，眼睛里燃烧着怒火。昆吾高声制止道："不必抓她，她逃不了的。"士兵们于是闪开了一道缝隙。沮诵退到高台下，在扔下利剑之后，扬长而去。

少年国王的尸体被小心翼翼地抬回宫殿，放在女巫王的宝座上。他脸色苍白，前额光洁，圆睁着失神的双瞳，表情异常平静，如同正在休眠之中，颈部的刀伤已经闭合和结痂，看起来就像一座被放倒的石像。

美领着众人退去，但绿棠执意不肯离开，她要陪伴她心爱的国王。突如其来的死亡是透明的，它就站立在甲根身上，沐浴着冰冷的月光，保持了神秘莫测的缄默。她躺在王座旁的毛毯上，用狐尾盖住甲根，就像是为尸体盖上豪华的尸布。忠实的士兵们关上殿门，在门外站成严肃而悲伤的队列——依照美的预言，他们必须通宵守卫，静候甲根的复活。

就在第二天早晨，诅咒果然戏剧性地成真了。绿棠醒来时，躺在王座上的甲根竟已不知去向。她到处寻找和呼喊他，却看见少年国王身穿白袍，站立在大殿的台阶上，犹如玉树临风，一种奇异的香气在四周萦绕。而诅诵则像毒蛇一样在他脚下匍匐爬行，成为一个永生而无用的废物。从此，她开始了漫长的咒骂和哀号。

二

少年国王把朝政交给昆吾和皮雍,徒步离开都城,去私访那些饱受摧残的城市和村庄,安抚那些惊魂未定的人们。绿棠戴着一顶插着红羽毛的小帽,跟他形影不离。但他看见的不是人们对新生活的憧憬,而是那种无法摆脱的暴政创伤后遗症。一个拥有五个孩子的母亲在失去丈夫的同时,也失去了自己的双腿。她坐在黄土路上乞讨,却一无所获,只能放声大哭,痛斥该死的国王和老天。

国王凭嗅觉认出了那个女人——她的母亲曾经向狐正施舍过自己的奶水。出生只有一个月的甲根,记住了所有他喝过的奶水的气味。他用龟甲刻下两个"足"字,替她造了一双新腿。在此后的日子里,他像一个行走江湖的医师,用法术拯救了无数个苦难的家庭,就连麻风病人都换上了健康的皮肤。他们纷纷跑出屋子,在村头的大树下展览自己的新装。

在甲根离开那些村庄之后,它们都呈现出蓬勃生长的景象。人们从未摆脱愚钝的属性,只是他们的欲望被点燃了，变得比从前更加勤勉，像迷恋赌博一样迷恋农事，努力打理着自己的土地和庄稼，因丰收而欢喜，又因歉收而悲伤。

但甲根并未为此感到快乐，反而陷入了更深的困惑。

他是否该再度赦免那十恶不赦的母亲呢？是的，沮诵不但打消了他对母爱的渴望，而且败坏了他对"母亲"称谓的想象。他不知道，那个支离破碎的梦幻家庭，又有谁能出手拯救？

就在他最迷惘的时刻，绿棠像影子一样紧贴着他的肌肤。她的尾巴蓬松而柔软，比美的羊皮褥子更加迷人。在寒冷的冬日，他们偎依在一起睡觉，绿裳用大尾盖住甲根的身躯，而甲根则以胸膛藏起她冰凉的手足。绿棠冰雪聪明，能够准确地猜出他的心思，在很多时候，她是他的心灵导师，用灵巧的言辞碾碎他的愁结，让他学会为每个农户的复兴而欢笑。

春风开始吹拂的时候，他们就去祝福那些初生的婴儿，向他们的父母赠送盐和谷种，鼓励他们投入艰辛而伟大的农事。他们也去祝福那些年过半百的老人，向他们的儿女们赠送被褥和糕饼，鼓励他们善待老迈无用的亲人。他们的祝福种子长出了生命的希望。

他们遇到过的仅有一次危机,是一群盗匪企图打劫他俩,要他们交出身上的配饰、背囊和口粮。盗匪们面目凶狠,手持菜刀和木棍,把唾沫狠狠地吐在地上,喊着谁都听不懂的山里方言,摆出一副杀人如麻的狠样。绿裳正要用九条大尾去收拾他们,被年轻的国王拦住。他抬起手指,用那根字造细针,依次在每个盗贼身上轻刺一下,他们就全都被痒翻在地,不住地打滚。直到走出很远很远,二人还能听到那些凄惨的笑声,回荡在绵延的群山之间。

他们就这样走遍青丘王国,把足迹、手印和言语,留在日渐繁荣的大地上。到了重返王宫的时候,甲根已经长成了一位十七岁的壮实青年。在宫殿的四周,街道像阡陌那样整齐地涌现,而宫殿经过多年修缮,被明黄和朱红色所簇拥,变得更加堂皇,而那是美最喜爱的色调。昆吾在给众臣上课,讲解先贤们的德政和哲学。侍卫们身穿锦袍,手持玉钺,像戏剧演员一样在宫里行走。气氛如此祥和,竟到了很不真实的程度。

青年国王为皮雍重造了一双耳朵和一条舌头,让他恢复了谛听和言说的能力。而皮雍对他说出的第一句话,竟然是"我可怜你的母亲"。甲根有些尴尬地接纳了这个观点。他答道:"我要用你的怜悯做成一条鞭子,每天都去抽打那个女巫。"皮雍也有些吃惊。从此两人都不再提这个话题。

沮诵依然活着,就住在一间光线阴暗的后院小屋里。除了送饭的宫女,再也没人见过她的踪影。甲根迟疑了很久,不知是否应该去探视一下。他假意散步,在那屋附近徘徊不去。小屋歪斜而破旧,像一个肮脏的噩梦,被丢弃在世界的边缘。执勤的士兵好心地警告说,请不要过去,那里很脏。他微笑地接受了士兵的劝阻,心里却被尖锐地刺痛了,是的,他有一个卑贱而肮脏的母亲。

在一个月黑风高的深夜,年轻的国王在宫廷里孤单地徘徊。他终于越过那道士兵的警戒线,走到沮诵的小屋跟前。门没有关闭,屋里悄无声息,散发出难以容忍的恶臭。他试图朝里张望,却听见一个女人的喑哑声音:"你终于来了……"

甲根心里一惊。没想到她这么快就认出了他的脚步声。他不知究竟该如何回答。

对方又说:"每天晚上,你都在这附近行走。也难为你了,为了一个曾经杀你的女人。"对方发出了阴险的笑声。在屋脊上行走的几只老鼠被吓到了,从房顶上掉下去，发出吱吱的负痛声。

甲根鼓足勇气说："我只想有一个答案，为什么在知道我是你儿子之后，你还要下手杀我？"

沮诵冷笑道："真是一个愚蠢的问题。我造了这么多文字，后代数以千计，你算老几，敢自认是我的儿子？"

国王一时语塞，沉默了很久。

"小子，看在你来陪我说话的面子上，我还是告诉你吧。我喜欢杀人，因为人是蟑螂的同类，是所有动物中最愚蠢而贪婪的一种。杀人，就是为了清扫这个世界。我是那种有洁癖的清扫师。"

"你不知道杀人是一种罪恶吗？你杀这么多同类，连自己的儿子都杀，你难道没有一点点人性吗？"

沮诵又厉声笑了起来："小子，人性是个什么东西？人性跟猪性有区别吗？"

甲根很生气地走开了。他跟母亲的第一次谈话，就这样不欢而散。

美在暗中观察甲根与沮诵的关系，并且不想被甲根发现。她有时幻化成巡夜的士兵，有时幻化成送饭的宫女，有时幻化成一只野猫，甚至幻化成一棵小树、一块石头和一片树叶。她要借此窥破甲根的心思，而甲根却从未识破她的真面目。他从她面前心不在焉地走过,表情悲戚。美的心也在为之悸动。她很想知道,这场人伦悲剧,究竟会以何种方式收场。

甲根与沮诵的第二次对话,发生在一个风雨飘摇的午后。大殿的一角有些渗漏,国王叫人来修理,突然间想起沮诵的居所,于是亲自带了一名工匠去查看,果然漏得一塌糊涂。乘着匠人忙于修补,他检视了一下臭气熏天的小屋,发现里面形同猪圈,而沮诵像猪一样爬行在泥浆里,兀自吟诵着祭神时的献诗,仿佛身边的一切都与她无关。

他强忍眼泪问道:"你在吟诵什么?"

沮诵没有理他,继续喃喃自语,好像入了某种杳远而超然的意境。

国王又问:"屠杀和祭词有关系吗?"

沮诵突然停止了吟诵,声音变得阴郁起来:"你懂什么?刀就是语词,杀人是最高的诗艺。"

"不对,祭词传递的是神对人的爱。"

"我是世界的缔造者,既然人不爱我,我就要加倍仇恨他们。我要判决人类因不爱我而受苦。"

甲根当时过于年轻,无法理解与沮诵的对白。直到很多年以后他才恍然大悟,原来母亲的情欲,根植于对尘世之爱的变态渴望。她孑然一身，因人民拒绝她而产生憎恨，并以纵欲和杀戮的方式加以表达。这无尽的死亡狂欢就是沮诵的悲剧，而她此刻正在缓慢地接近悲剧的尾声。

青年国王下令宫女把她搬进一间洁净的屋子，替她沐浴更衣，并指派两名侍女照看她的起居。他的权柄有限，无法更改伏羲的诅咒，但可以更改她的处境。而沮诵则一直在嘲笑他的虚伪。这段时间，她似乎爱上了宫女送她的一个木头玩偶，她每天都抱着它不放，像狗叼着一根涂漆的骨头。

在起义成功之后，昆吾的生命似乎已经燃尽，开始迅速老去。当年跟仓颉一起营救贰负和危时，他曾经遭到来自天神的雷砸，此时旧伤复发，令他不能言语和行走，瘫痪在美铺好的羊毛软床上。美安排宫中的侍女小心伺候，有时她也亲自在他身边照顾，抚摸他枯槁干涩的手背，跟他低声耳语，说一些看似不着边际的胡话。她知道，这是疗愈昆吾的唯一良药。

在皮雍的支持下，甲根开始推行一种更加柔软的政治。他要像传说中的尧王那样，学会容忍那些曾经或者现行的反对者。他认可了各地耆老会的合法性，定期听取老人们的抱怨,采纳他们的意见,鼓励广开言路和民间自治,并大幅削减岁赋和徭役,进而鼓励有钱的乡绅为孤寡老幼提供福利。变革正在王国的各地如火如荼地展开。

绿棠跟她的女伴们在秋千上玩耍,她们笑声纯真,有如三岁的孩童,温暖了整座王宫,让所有的官员、侍女和卫士都感到心情愉悦。美除了照料昆吾,就来陪伴甲根,以免他陷入孤独的"宫廷困境"。青年国王有时会跟美讨论宽恕和赦免的话题。他不知道该如何去修改沮诵悲剧的结局。

其实甲根本人也是悲剧的主角,他正在承担悲剧加诸自身的重负。每天深夜,他都会从沮诵的痛苦中醒来,大汗淋漓。他的灵魂跟女巫发生了紧密的纠缠。皮雍警告他说,那不是真相,而是沮诵的巫术。甲根对此将信将疑。他在时间延宕的涡流中奋力挣扎。

一个来自西域大国的使团改变了这个僵局。在双方会晤之际,一名使节一眼就看穿了甲根的困扰。他微笑而严肃地指出,国王患了某种古怪的病症,叫作"恋母症",在甲根的前额、脸颊和手背上,到处可见这种病症留下的踪迹。那是一些细密的"母"字纹,在子夜显形,在凌晨加深,又在黎明淡化,在正午消失。美和绿棠好奇地逐一查验，果然如使节所言。

使节又说，治疗这种病症的唯一方式，是向神祈祷，而且要用自残的"恶祈"方式，逼迫神做出让步，收回诅咒。除此之外，别无他途。但美深知这是不可能实现的。在神的律法和历史中，没有向人妥协的先例。

使团动身离去之后，绿棠忧心忡忡地问甲根："你真的打算这么做吗？这很可能是坏人的阴谋……"

国王摇摇头，双瞳变得异常明亮："不试，就永远不会有答案。"

他决定用自己的眼睛和骨头去感动伏羲，去消除加在母亲身上的诅咒。他不顾美和皮雍的劝阻，决计要举行恶祈仪式，时间就定在他登基的第三个纪念日。但他没有把这个计划告诉绿棠，生怕这个女孩无法面对这种惨烈的景象。

在实施计划之前，他决定再次前往妙世界，去探视颉爸、妙妈，还有外婆和阿嚓。但这一次，他跟所有的亲人都失之交臂，还陷入了一个无法摆脱的迷宫。虽然有些意义暧昧的路牌在做指引，但他后来才意识到，那路牌本身就是迷宫的一部分。它在地理迷宫之上，又叠加了字词的迷宫。它们彼此缠绕，把他推向一些跟他无关的地点，展示出完全陌生的风景画卷。但他舍不得走开，并且还在那些美妙的场景里消耗了大量时间。

唯一的收获是，他看见了妙世界里更加瑰丽而隽永的一面。他被波澜壮阔的大海和壮丽的晚霞所震动，被高耸入云的雪山和莽荒的戈壁所惊讶，甚至为层出不穷的梯田和那些彼此叠加的墨色曲线而叹服。他终于明白，妙世界是一个单向采纳的容器，它拒绝一切丑恶的事物。但甲根不能这样。他必须超越他的父辈，学会接纳世间的诸多残缺、不完美、丑陋和恶毒，把它们变成自己的养分。经历过"烛阴之门"和"日晷之柱"的反复洗礼，他有足够的力量来化育那些暗黑的事物。

清明日的那个正午，是预定的恶祈时刻。国王在沐浴净身，更换衣服之后，屏退所有侍从，先把碍事的鸲鹆锁进鸟笼，然后盘坐在白色软垫上，举起打磨得极其锋利的青铜锥子，用力刺进自己的眼窝，鲜血四溅；然后他又举起青铜锤子，打断两条腿和左臂；最后用头撞击机关启动青铜碾子，让它轰然落下，砸断自己的右臂。每一次脆生生的断裂，国王的骨头都在发出惨叫，听起来就像是噼啪作响的闪电。

整座宫殿的人都吓呆了，先是鸦雀无声，继而爆出一片惊慌失措的尖叫。

沮诵起初以为甲根是在演戏，脸上露出揶揄的微笑。在听到美的凄厉哭喊之后，沮诵才意识到那一切都是真的——他正在用自己的盲眼和残断的四肢，去跟大神伏羲谈判，让神收回对她的诅咒。她满腹狐疑，无法理解那个少年的疯狂举止。她感到，那个她所熟知的旧世界正在崩塌……

"咩……咩……咩……"美在悲伤地放声大叫，眼里流出了大颗泪珠。她虽然早有准备，却还是为甲根的举动而无限震惊。甲根因剧痛陷入昏迷状态，美紧挨着义子的身躯，先是不知所措，随后就以羊的形态说出人话，用咒语召唤伏羲，祈求他现身，拯救这个糊涂蛋义子。她用最恶毒的语言咒骂和威胁伏羲，让这场恶祈的气氛变得更加激烈。巨大的悲痛迸发出来，震破了她的心肺和气管，一口鲜血喷到三丈以外，就连附近的鸟兽都吓得鸦雀无声。

忽然天上电闪雷鸣，暴雨倾盆而下，打湿了整个宇宙。伏羲以老者之身显形，站立在暴雨里，身上滴水不沾，好像头上有无形的伞盖。他没有启唇，但全世界好像都听见了他的旨意。他宣布收回自己的一半诅咒——沮诵可以恢复行走，但她依旧是一个盲妇，这是她为自身罪恶所必须付出的代价。

伏羲含笑向年轻的国王伸出手去，一如当年他把手伸向少年颉。昏迷中的甲根，猛然感到一股巨大的暖流涌来，剧痛的四肢平复如初，仿佛从未发生过断裂。他像往常那样站起身来，高声感谢伏羲神的恩典，又顺便致谢了自己的骨头，向它们表达十二万分的歉意。天外飞来千万只白鹤，搭建成一辆洁白而神圣的战车，伏羲登上战车而去，天地间响起仙乐般的大音。美躺倒在地上，喜极而泣。

国王向女巫母亲走去，把她从地上扶了起来。沮诵试着迈了几小步，不敢相信自己的四肢已被修复。她又走了几步，盲眼里突然闪出了泪光。

"儿，儿子啊……"她试着用自己都不敢相信的语词去跟甲根说话。

年轻的国王笑了："母亲，你终于明白了……"

这是他曾在心里幻想过无数遍的场景——沮诵颤抖着伸出手去，抚摸儿子的脸颊，还有他的六指，仿佛在抚摸一件丢失已久的宝物。

她知道，自己曾经渴望有一个漂亮的男婴，却造出了丑陋的怪兽穷奇。这难道不是一种来自命运的嘲笑和惩罚吗？

"为什么你会有十二根指头？"她疑惑地问道。

"那是为了继承你和父亲的遗产。"

女巫想了想,忽然用近乎耳语的声音说:"我有罪,我是一个十恶不赦的母亲。"

青年国王不敢相信自己的耳朵,他对美喊道:"这是真的吗?这个坏妈妈真的忏悔了吗?"美点点头,努力舔着唇边的血迹,像是要擦去一个不愿承认的事实。

在此后的一百多天里,女巫沮诵不吃不喝,躲在小屋里悔过。她从地狱的深处召回了良知。她沿着记忆去回望和清点自己的罪恶。那些罪过于深重,仿佛是一些巨石,压住了她纤细的身躯。她看着自己的劣迹,如坐针毡。无数因她而死的亡灵,被她的忏悔之火吸引,像飞虫那样在四周聚集,发出凄厉的叫声。她扔下玩偶,用力捂住两耳,陷入半痴半疯的状态。

绿棠悄悄对国王说:"她看起来如此痛苦,长期下去,会彻底疯掉的。你还是带她去妙世界吧,那里清静,有各种奇妙的事物,或许能治愈她的灵魂。"

甲根于是重新开启那只青铜匣子,带领母亲一起进入妙世界。日暮之门在他们身后关闭,把那些喧嚣的怨灵留在身后。

这是一次前所未有的幸福之旅。年轻的国王跟母亲一起来到颉童年时生活的村庄。外婆和阿嚏不认识沮诵,但她们像对待亲人一样款待客人,似乎她就是颉的挚爱。而在没有被污染的青丘国都,在那座圣殿般的高大厅堂,甲根第二次遇到了父亲仓颉。他好像预知甲根会把沮诵带来,脸上没有露出丝毫惊讶。他起身迎接他们,把他俩安置在落满花瓣的木椅上,用无名而美妙的食物款待他们。

他用微笑驱除了沮诵脸上的愁云。他知道颉世界里所发生的一切,但他从不提及那些惊心动魄的事变。他只是跟他们交换关于字造术的心得,谈论关于语词的智力,以及龟甲和牛胛骨的优劣。他言语简洁,音色柔和,仿佛来自天界。沮诵以崇敬的目光望着父亲,就像学生崇敬地望着老师,嘴边还挂着一道口水。

颉语调沉重地对沮诵说:"从前我有一种误解,认为文字有亮白和暗黑之分。但那样的字其实很少,大多数字是灰色的,无法进行道德分类。是我以正义的名义把你逼入暗黑世界,变成一个戴罪反叛的女巫。我才是所有灾难的根源。"

甲根掉头去看沮诵,指望她能反驳仓颉,指证暗黑字的邪恶本性,但沮诵出乎意料地低下头去,捂住自己的耳朵。她拒绝回想那些令人不堪的往事。她感受到了来自灵魂的剧烈疼痛。

颉长叹一声,从口袋里掏出丝帕,像取出一件爱情的信物,把它仔细展开,它就变成了一条彩色的航船。颉引领他们登船,去观看妙世界的真相。颉告诉他们,妙世界是一个零文字的纯粹时空,也是颉世界的反转镜像。在这里,所有人都能忘却痛苦并疗愈创伤。

女巫像少女那样笑了,头发随风飘飞,俨然回到了青春时代:"对了,父亲,我是最需要疗愈的那个!"

他们就这样穿越了异世界的领地。沮诵的眼睛得到暂时的复明,因为这里的宇宙法则不允许有残障的旅行者。她能看见聪明的人民在田野里耕作,到处是金黄色的稷浪;看见行人在街道上穿梭,集市散发出混乱而热烈的活力;看见教塾里烛火通明,童子们在吟诵竹简上的字句;看见渔舟唱晚,渔网上张挂着黄昏的欲念;看见炊烟升起的屋顶下面,妇人们正在用乳房喂养婴儿;看见男人趴在女人身上,日复一日地进行着快乐的生殖游戏。

他们还看见那个蜷缩在宇宙深处的微笑,它代表了颉世界的本性。是的,真相早已不言而喻。这里没有嫉妒和憎恨,每一个生命都在书写"兼爱"一词,犹如秋季的桂花在绽放香气。

青年国王对沮诵说:"母亲,我闻到了你身上的香气。"

仓颉也回头望着沮诵:"香气是你被治愈的证明。"

沮诵默然无语。

这天夜里,沮诵的眼里开始流出沙子,就像甲根曾经在妙世界见过的那样。沙子越积越多,堆满了整个小屋,几乎淹没了她的身躯。最后,就在沙子流完的那一刻,她第一次流出了清亮的眼泪。

三

回到颉世界后,沮诵重新恢复到失明的状态。黑暗再度降临她的生命。她回顾一生,感到自己无颜继续在世上存活。她亲手杀死了父亲仓颉和姐妹妙,还有无数青丘国的无辜生灵,而人民对她的仇恨已经无以复加,不可调和。尽管儿子甲根宽恕了她,但她自知罪大恶极,除了以死谢罪,根本找不到灵魂的其他出路。

她用力从脸上抹掉眼泪,取出一根用麋鹿的腿筋做成的腰带,走向在庭院里的高大柏树,把树枝用力拉下来，先搭上腰带，又用腰带系住脖子，一松手，树枝向上回弹，她的整个身子就被悬吊在半空了。她心中被巨大的解脱感吞没，甚至没有感到窒息的苦痛，恰恰相反，死亡的喜悦弥漫了她的全身。

她很快就转入半昏迷状态，面带赴死的微笑，朝着正在走近的冥神低语："来吧，把我带走吧……"

冥神越走越近，走走停停，步履迟疑而缓慢。她甚至能够听到冥神的呼吸，闻到沉重的气息。冥神动作迟缓地割断了绞索，把她的身子小心地放在地上，然后对她说："你不该自寻短见的，你辜负了他们父子的期望。"

沮诵再一次泪流满面——原来那不是冥神，而是她曾经的尹相皮雍。

皮雍目击女巫的忏悔之后，决定放下昔日的恩怨，去跟她做一次长谈。他看见了她下令毁掉作法的密室，然后在庭院里自杀的整个过程。他在救和不救之间犹豫了半天，最后还是被她濒死的形象打动了。

在卸去邪恶的灵魂之后，沮诵迅速恢复了昔日的美丽。裸露的脖子、胳臂和小腿，还有那只挂在腰间的玩偶，在空中轻微摆动，形单影只，被月光勾勒出各种微妙的细节。它们看起来如此动人，洋溢着死亡美学的光辉。

皮雍做出了艰难的抉择。他解开套索,放下女巫,并把她紧紧抱在怀里,生怕她会再次弃世而去。

"你……又救了我……"沮诵声音微弱,瞳孔已经散乱。

对于沮诵的自杀,甲根完全被蒙在鼓里。皮雍告诉他说:"你母亲病了,需要休息几天。"甲根说:"好吧,她受惊了,就让她好好歇上几天。我会派御医过去的。"皮雍说:"不用了,我会照顾她的。"

甲根仔细看了一眼皮雍,像是领悟到了什么,笑着说:"那我就把她交给你了。"说罢,便转回身去跟绿棠说笑。

皮雍逃也似的转身走开了。他害怕甲根看出他的旧情复萌。他为自己的情感软弱而深感羞愧。他知道,他跟这个女人的缘分,是那种不可抗拒的生死之恋。

绿棠说:"我允许你玩我的尾巴,但我也要玩你的手指。"

年轻的国王答说:"姑娘年纪还小,不能接触男人的玩具。"

皮雍尚未走远,风吹来了那些天真可笑的对话,诱发出他对青涩岁月的若干记忆。他禁不住为之苦笑起来。他来到沮诵的住所，把门关上，在她身边默默地躺下来，纹丝不动，仿佛死了一般。

沮诵等了很久，不耐烦地问道："你想要我，对吗？"

皮雍说："不，我只想听你的呼吸和心跳。"

沮诵又嗔怒说："滚出去，你这伪君子！"

皮雍有些尴尬地笑了："我，我怕我的战技有些生疏了。"

经历过谋杀—被救—自杀—再被救的戏剧性情节之后，沮诵终于回到一种比较正常的状态。现在她不仅拥有新的居所，召回了昔日的情人皮雍，而且心头有了一盏灯，那是被甲根和皮雍所点燃的希望，对她而言，这是命运的最大馈赠。

为了防止这种幸福得而复失，她警告儿子说，必须尽快除掉那个装死逃跑的穷奇，阻止它继续危害人间。但双目失明令沮诵法力锐减，她已无法正常调用巫术的力量。

她告诉国王儿子，他所施用的法术，无法真正消灭穷奇，而制服它的唯一方法，就是用锤子击碎牛胛骨上的原字，令其化为尘土；而后将其形象绘成图形，载入巫典《山海经》，因为只有简册的结界法力，才能封印和囚禁那些煞兽，阻止它们为祸人间。

国王的士兵们已从深潭"圣水之渊"里捞出那根牛胛骨，但他还须找出那卷叫作《山海经》的简册，它由一个名叫毛简的祭司撰写。他是颉的弟子，后来成了沮诵的军师和字奴。在皮雍受宠之后，毛简遭到冷落，逐渐淡出青丘国的朝政，跟《山海经》一起下落不明。

关于毛简的寻人启事，贴遍了各个城镇和乡村的公所。所有人都知道，国王在查找一位发明竹简的英雄，凡提供有效线索的，国王将赏赐两百亩良田。人们被紧急动员起来，所有人都希望赢得这份光荣的奖品。各种彼此矛盾的谣言不胫而走。一则最激动人心的消息说，在汉水上游发现了毛简的坟墓，甲根派人去查，才知道墓主不叫毛简，而是毛涧，而他的那些竹简，似乎都被泡进水里了。

几个月之后，终于传来一条比较确切的消息，说是在岐舌国的一座寺院里发现了毛简本人，他仍然健在，身板硬朗，只是老得不能认人了。士兵们搜检了他寄寓的寺院，获得整整一车的竹简，然后把他跟竹简一起送进了王宫。

毛笔果然丧失了识人的能力。他眼神呆滞地望着沮诵，像是在看一棵移动的小树。沮诵抚摸毛笔形同枯木的手掌，回忆起当年欢爱的场景，心中涌起了无限的感伤。她的同代人都在老去或死亡，只有她遭到了时间的遗忘。但这不是时间之神的失误，而是法术和不死药综合作用的后果。

从那堆散乱的竹简里，青年国王如愿以偿地找出了《山经》和《海经》两个本卷，它的牛皮绳已经断绝，变成了一堆凌乱的残签。一个专业小组耗费了大量时间，才重新梳理、补缀和抄写完毕，两书合成一书，名叫《山海经》，并用新的牛皮绳加以编订。

跟沮诵一起游历妙世界，甲根意外地发现，他是仓颉和沮诵的儿子，而沮诵也是仓颉的女儿，所以他既是仓颉的儿子，又可能是仓颉的孙子。他不知道该如何面对这古怪而混乱的亲属关系。他去见母亲沮诵，要跟她商议朝政，袖筒里揣着牛胛骨，麻袋里装着沉重的《山海经》书卷，心里却藏着那些难以梳理的困扰。

在沮诵的幽暗卧室里，母子俩开始实施一个新的计划，就是赶紧把青铜宝匣里的所有魔兽，全都秘密转移到经卷里去。

这是一次具有很大随机性的尝试。国王用六指开启铜匣的时空之门，而女巫则打开《山海经》简册，试着用一根燃烧的牛胛骨去加热那些竹简。这两个物件很快就悬浮在半空，以对旋的方式舞蹈起来，犹如两个互相吸引的魔球，最后在高速旋转中合二为一。

这场自发式巫术的结果是，铜匣完全消失，而卷起的简册直径是原来的三倍。甲根打开热气腾腾的简册，发现那些铜匣里的原字和妙世界事物，现在成了经书中的一部分，就连那些描述植物、山川和宝藏的字词，都实现了跟经文的无缝对接。

这真是个不可思议的奇迹。国王和女巫看得目瞪口呆，半晌都说不出话来。

"居然还有这种妙法，太好玩了！"青年国王拍着手笑道。

"可惜，我们再也无法回到妙世界了。"女巫沮诵怅然若失。

"也许这是伏羲神的旨意，他让我们更专注于现实。"甲根在劝慰母亲，也试着安慰自己。他心如刀割，脸上却露出了纯真的笑容。

沮诵说出自己盘算很久的计划：首先，根据青年国王的原始名字"且"，给他加封名号为"祖"，而这个朝代就叫作"祖朝"，它意味着一个强大种族的历史起点；其次，她想在祖朝元年的清明之日，举行一次盛大的历法大会，以祭司的名义向神献祭，超度那些英勇献身的亡灵，并公布二十四节气的农法，让它成为所有乡下人的耕作指南。

新国王说："我们的确需要一部伟大的历法。这个王国叫什么都行，只要你喜欢就好。至于那个参会名单，还是交给皮雍去起草吧，他是国师兼天文家，最懂得你的想法。"

沮诵久久地看着国王，若有所思地说："奇怪，自从有了你，我几乎丢失了所有的欲望……"

作为《山海经》的互文性文本，《青丘杂记》记录了皮雍跟沮诵起草历法诏令的情形。在皮雍的书房里，沮诵被前导师仓颉的发明惊呆了，觉得那只能是天才和神启的产物。它如此精妙地描述了日神跟时令的对应关系，足以为辛勤耕作的农人提供精密指导。而在这之前，人们只能在大地上盲目地忙碌，像那些朝生暮死的虫子。

皮雍没有变更节气的基本结构，只是修改了其中几个节气的提法，比如把"醒蛰"改成"惊蛰"，把"布谷"改成"芒种"，又把"玉露"改成了"白露"。

沮诵听过二十四节气的所有细节，然后深思熟虑地说："你再增加一些节日吧。那些农人过于辛劳，需要增加一些节庆来犒劳他们。"

皮雍有些诧异地看了她一眼，觉得她真的变成了另一个女人。屋里的温度飙升起来，令他感到一种莫名的燥热。

按单月数字和单日数字的同一性原则，他想出了六个节日，用于各种生灵的纪念日，可以分别满足以下人群：渴望团圆和美食的农人、情欲旺盛的年轻人，期待祭奠和归位的鬼魂、炫耀女红的妇人和期盼成长的童孺、需要悉心照料的老人，以及在严冬里无所事事的闲汉。

当他把写在简牍上的文字告诉沮诵后，她露出了激赏的笑意——

一月初一：春节

三月初三：上巳节

五月初五：端午节

七月初七：中秋节

九月初九：重阳节

十一月十一日：冬节

"真好，你真是一个历法的天才。"沮诵的脸贴近了皮雍，吹气如兰，弄得皮雍的意识有些恍惚。

两天后，皮雍又提交了一份关于煞兽的秘密清单，它们分别代表十二个暗黑月份，是颉世界里的最大噩梦：

东方三宿（春季）：穷奇、鹳鹆、帝江，
南方三宿（夏季）：饕餮、朱厌、祸斗，
西方三宿（秋季）：肥遗、诸犍、孰湖，
北方三宿（冬季）：蛊雕、梼杌、混沌。

女巫沮诵一听到煞兽的名单，表情就变得尴尬起来，因为其中大部分是她本人的"杰作"。

国王动手删掉了朋友鹳鹆和帝江，又删掉已被处决的饕餮、梼杌和混沌，只剩下穷奇、肥遗、诸犍、孰湖、蛊雕、朱厌和祸斗七个。甲根说："这些王八蛋要是不除掉，结起盟来跟我们作对，一定会成为未来的心头大患。"

沮诵说："对呀，我们现在就把它们封印了吧，免得夜长梦多。"

年轻的国王迟疑了一下："我还需要鹒鶋和帝江的帮助，还是等历法大会后再说吧。"

女巫显得有些担忧："任何一次延宕，都会给我们增添一分危险。"

国王笑了："好妈妈，要是我犯错了，到时你再给我一刀吧。"

女巫脸色遽然一变，厉声骂道："小浑蛋，给我滚远点！"

国王吓了一跳，手上的茶盏失手掉在地上。

女巫于心不忍，立刻柔声安抚说："傻孩子不懂事，这是能开玩笑的吗？"

青年国王面对母亲受惊的神色，心头涌出了深深的歉意。

美去探视昆吾——那个她曾经热恋过的老男人。他躺在羊毛褥垫上，紧紧握住美的小手，生怕她像鹒鶋那样飞走。他无法表达对这头羊仙的爱慕，甚至无法说出他曾经想娶她为妻的痴念。他被沉重的梦境压住四肢，以致全身瘫痪。那些隐秘的欲望都已化为泡影，但记忆仍在顽强地表达自己的能量，无望地缠绕着他正在枯萎的头脑。

美跟昆吾亲昵地耳语，进而越过那些无聊的胡话，幻化为他所怀念的各种人物，从仓颉到妙，又从师旷到毛简，还有皋陶和麻结，甚至虎仲和九黄……旧时的幻象穿越时光接踵而至，令他老泪纵横。在被那些唤醒的记忆里，他重温了非凡的一生。美告诉昆吾，他是伟大的贤者，必将会以美妙的名声载入史册，成为国人永志不忘的榜样。

但从昆吾的眼神里，美还是看到了深深的惧怕。许多年来，美始终披着绝世美女的皮囊。她跟昆吾都知道这点。他们展开了这种建立在幻象上的思念。他们也都明白，他们无法逾越羊仙和人类的天界律法界限。不仅如此，在历法大会之后，她的使命和角色都将被改变。她将离开这为之奋斗多年的群体，回归大羊的本来面目。这意味着，那个幻影即将消失，而冥神即将前来终结他的暮年。

美亲吻了一下昆吾满是皱纹的老脸，起身去找正在起草国家文告的皮雍，用人类的语言，向这位沮诵的情人说出自己的托付。皮雍不假思索地答应了她的请求。正是昆吾的努力改变了他的命运，他必须腾出手来，报答这份浩大的恩情。

皮雍说："我会找一头世上最聪明的母羊，陪在他的身边。它将是你的替身。"

美伏在皮雍的后背上,放声大哭。

四

历法大会是比登基典礼更为重要的事件,它不仅被史官载入古史,而且有极其详尽的记录。《青丘杂记》以激越的笔触,描述了当时的奇幻场景。它声称,大会上云集了来自各地的耆老和农人代表,他们是这个盛会的主要宾客。

甲根作为青丘国的国王兼大祭司,责无旁贷地扮演了主祭者的角色。在他的示意下,帝江用气囊率先吹响了号角。云层在嘹亮的号声中急速分开,露出了湛蓝清澈的苍穹。

帝江身边这时出现了一个新歌者,名叫"开明兽",来自毛简提供的《山海经》简册,是财神陆吾的坐骑,一个拥有一百二十个头颅的女妖。在帝江之后,她开始放声歌唱,一百多个头颅同时发声,俨然是个庞大的歌队。所有的舌头在一起转动,牙齿闪亮,嘴唇像珠蚌那样开合,齐声赞美文字的力量,赞美仓颉和妙的创造文明的功绩，赞美甲根与沮诵的伟大和解。歌声音色曼妙，音量宏大。帝江在一旁吃力地伴舞。两只神兽琴瑟和鸣，俨然是一对才艺绝伦的恋人。

一群全身赤裸的蹈火者，开始表演在炭火上行走的魔法；接着来了一群女巫，把这些炽热的炭火吞进肚子，然后从肚脐眼里冒出浓烟、火焰甚至烟花，最后全身燃烧起来，衣衫全部化为灰烬，在火中显出赤裸的身躯。人群发出了惊呼，而鹠鹃在叽叽咕咕地大笑。

女巫们带着淡紫色的火焰离开祭坛，犹如披着透明闪烁的外衣。甲根随即启动了祭礼的第一道程序。他宣布新的国号，公开了自己的新名号"祖"。这是一个会意字，也就是在"且"的左边添加一个表达祭祀的符号"礻"。然后，他为女巫沮诵的悔罪和母子相认，向伏羲大神的恩典表达谢意，因为正是这场和解拯救了人民，改变了世界运行的方向。

沮诵为过去的罪恶感到羞愧，身披黑色斗篷，竭力用阴影遮住颜面。但甲根牵起她的手，强行把她拉进阳光，跟她一起跪倒在神像面前，喊伏羲的名，感恩他对沮诵之罪的宽恕，并祈求他继续播撒恩典，彻底终结青丘国众生的苦难。

她附和着祖的祷词，先是百般地局促不安，继而被阳光的温热抚慰，慢慢安下心来，甚至还掉头向皮雍望去，露出天真而迷人的少女般的笑容。皮雍呆呆地看着，俨然回到了那个如梦的初吻的年代。

在沮诵退下之后，国王祖用十二个装满饕餮、混沌和梼杌鲜血的黑陶瓮，去祭奠那些神龟的亡灵。

关于仓颉、妙和昆吾手里龟甲的来历，他们从未对人透露，就连沮诵都始终被蒙在鼓里。很久以后祖才获知，这一切都是伏羲大神的安排。这位大神创造了字龟的王国，赋予它们以喜悦的生命，但在活过三十年后，就得在深潭"圣水之渊"里脱下甲壳，拖着光裸的身躯爬向山野，被那些觅食的野兽吃掉，完成最后的死亡献祭。它们是世间最勇敢的牺牲者，用自己的死亡，换取了文明的诞生。

年轻的国王祖在祭文中向众神做出承诺，青丘国的祭司，从此将放弃使用龟甲和牛胛骨的传统，转而用竹签和木片替代。但甲根和沮诵都知道，这个决定将改变文字的命运，让它丧失原有的巫灵力量。这是神话时代终结的信号——历史已经掌握了自己的演化逻辑，无须借助文字巫术的秘密推动。

忏悔者沮诵出人意料地再次站到祭坛中央。她向牛族致歉，为了得到那些用来制造暗黑字系的胛骨，当年,无数壮硕的公牛死于秘密的屠杀,而人类也因那些暗黑字而蒙受苦难。沮诵用铜剑刺破自己的十个手指,把鲜血滴进酒里,又割下一大绺长发,点燃它们,让灰烬融入酒液。她高喊伏羲的圣名,念诵超度人族和牛族亡灵的祭词,然后把酒倾倒在神像脚下。

所有人都在心情复杂地观看女巫的祭祀。皮雍的心剧烈地跳动着,知道某种丢失的东西已经归来。他在人群中远望沮诵,禁不住泪流满面。

立法大会的高潮,是祖与皮雍共同宣读皮雍的诏令,公布仓颉建制的"二十四节气"国家历法,以及每年六个节日的官方制度,并决定在王宫里设立日晷,它可以随日神的位移,精微地调整历法的时间。

伟大的日子已经降临。农夫的代表们情绪沸腾,好像充满喜乐的鸟儿在吟唱。他们大声议论和赞美这个神圣的历法。祖还在翕动嘴唇,但他的话语已被人们的噪声完全吞没。他试着让他们安静,却毫无效果。

祖说:"好吧,大伙儿都散了吧。"他无奈而疲惫地走下祭坛,仿佛卸下了言说的重负。"结束了,一切都结束了。"他对美草率地摆摆手说。

羊仙美在把祖交还给他的母亲、又把昆吾托付给皮雍之后，她的使命业已完成，她决定向大家辞别。她最后一次幻化为女人，开腔用人语告诉祖，由于连年战争，青丘国的居民已经所剩无几，他未来的使命，就是承担起"且"的使命，娶一百零八个妻妾，生养一千零八百个孩子，成为新国民的"始祖"。

青年国王露出慌乱的表情："什么，为什么要娶那么多老婆？那会累死我的。"

沮诵意味深长答道："从今天开始，你该回到蚁王的本性了。"

"那么谁是蚁后？哪个蚁穴需要一百零八位蚁后？"

美嘻嘻笑道，音色变得悦耳起来："你这傻孩子，你妈妈会教给你一切的。还有，羊皮褥子以后你是没法睡了，但你会有狐狸尾巴护身的。"

绿棠在一边使劲点头，用她的尾巴尖挠着甲根的后背："美妈放心，我会对祖哥哥好的。"

美说："你看，你未来的王后已经准备登上宝座了。"

绿棠说："我怕他会欺负我……"

国王难以割舍地拉着美的手，脸上写的都是"眷恋"两字，却说不出一个字来。最后，他从帽子上摘下红羽毛，交到美的手里："假如，要是，可能……你、你想我了，它、它会让你找、找到我的。"祖突然严重结巴起来。

美把一袋事先准备好的黑色豆子塞到国王手里："这不是那个什么，这是真的黑豆，产于杻阳山下，它能让你记住你的羊妈。"

年轻的国王接过沉甸甸的袋子，泪眼蒙眬地看见，大会已经结束，人们四散而去，美卸下美女的面具，还原为大羊的本相，头上插着红色羽毛，走向蒿草丛生的田野，融入那些性情温顺的羊群。

祖望着美正在远去的背影，心里涌起莫名的惆怅——他正告别曾经朝夕相处的亲人，告别他的代理母亲和守护者。他经历过无数次生离死别，但没有任何一次像此刻那样令人伤感。但外部世界跟他的落寞是错位的，漫山遍野的三色堇跟鼠尾草一起怒放，无数鸟雀在天空上歌唱，就连羲和女神也从云端上微笑。整个青丘国都在狂欢。

黄昏时分，天空渐渐变得阴沉起来，天上飘起了零星的雪花，寒冬突然不期而至。国王和女巫骑乘鹘鸼飞回王宫，打算去完成历法大会的最后一道手续。但沮诵门前的卫兵全部失踪，屋内一片狼藉，放在衣箱里的

《山海经》简册已经不翼而飞。沮诵说:"一定是穷奇干的好事,我闻到了它的臭味。"祖的表情变得沉重起来,知道自己的延误铸成了大祸。

在距离他们五百里地的山谷里,穷奇正在为自己的战绩而扬扬得意。《青丘杂记》透露说,它是所有山海经煞兽中智商最高的一种。它不仅是一架令人恐怖的战争机器,还善于使用伪装战术,并能预知一切迫近的危险。它是那种可以自我学习和进化的全新物种。

在成功骗过祖之后,穷奇又利用跟沮诵的意识链接,获悉了她的悔恨和自责,感知到她对儿子的前所未有的怜爱,以及有关《山海经》的封印计划。这些坏消息像森林沼气那样,弥漫在它硕大的脑壳里,令它对前女主人又恨又怕。沮诵曾经是它的缔造者,此刻却成了危险的终结者。它必须出手阻止她的"恶毒阴谋"。

穷奇追踪沮诵的气味,找到她的住所,在用毒气麻痹了守卫之后,把他们全数吞吃,然后从衣箱里盗走了《山海经》。整个袭击过程只花了半炷香的工夫。

此刻,它该如何处置这卷终极之书呢?它吐出了一堆人头骨,然后背靠大树,伸出肮脏的短爪,从苍穹上摘下一颗发光的石头,把它当作照明灯具,费劲地打开经卷,逐个查找那些煞兽的名字,指着它们,念出自己的咒语，要把它们从闭合的经书里全部释放出来。

  对于穷奇这样的庞然大物来说，这实在是件无比艰难的工作。但它还是努力辨认那些人类创造的字词，念了整整三天三夜，念得河水倒流，树叶尽枯，大雪覆盖了整个大地，就连太阳都迟迟不敢升起。

  经书丢失后的第四天清晨，太阳终于露出惨白的面孔。一个信使冒着寒风飞马来到王宫，向尹相皮雍报告了一个重大噩耗——穷奇领着一支煞兽组成的山海经军团，正在向青丘国的首都进发。皮雍不由得苦笑起来，世界何其荒谬，忙碌半天，一切还是回到了故事的起点。

  皮雍带着这个消息去见沮诵，又跟她一起，神色慌乱地推开青年国王的房门。

  祖早已从睡梦中醒来，容颜像天神一样发光，两眼灼灼发亮，好像正在恭候他们的到来。他说："我知道了。这是不可抗拒的宿命，让我们一起去面对吧。"

  他望着门外的皮雍，握住母亲柔软而冰冷的手，面带笑容，眼神坚定。

2019年10月20日完稿于上海张江
2024年2月2日修改于纽约长岛大颈

补 记

《字造者——仓颉家族秘史》在四年前出版的《青丘纪事》（世界华语出版社，2020年版）基础上，做了一些重大调整。首先，为方便读者理解故事内容，忍痛割爱地换掉了原来书名；其次，在章节上重新洗牌，令其看起来具有更完整的结构；最后，修改和增删了部分文字，试图改善其在叙事上的语感和气质。

无论如何，历经长达八九年反复折腾，包括三年空窗期的休眠，这部小说终于重新复活，并拥有一个相对完备的形态。尽管它仍然留有大量缺陷，但可以连同这缺陷一起，被视为我的"新神话"的样本。它具有史诗的野心，却只有小册子的分量，根本无力修改中国文学坍塌的现实。最终，这些人类制造的文本，都将沦为AI处理器所要清除的灰尘。时间不是终结者，而AI才是。

感谢花城出版社,能够接纳这本小书,让它得以体面地问世;也感谢插画师朱一智,为它提供了精美的视觉文本。也许它像一颗流星,刚刚诞生,就要重新坠入黑暗。但它曾经划破天空,给渴望神话光亮的人以短瞬的希望。

2024年4月1日补记于纽约长岛大颈

《青丘纪事》原跋

《青丘纪事》由三部作品构成：第一部是《字造》，原发于《收获》杂志2017年第6期，后被编入中篇小说系列《古事记》里，由人民文学出版社出版（2018）；第二部是《大字造师》，由《百花洲》杂志首发，后收入中信大方出版社的短篇小说集《六异录》（2020）；第三部《字神》，也已刊发于《山花》杂志2020年第1期。

只要对这三部作品进行知识考古就会发现，它们在本质上是同一部作品，具有严密的人物/事件的逻辑连续性，为此我将其集合起来，组成一部新书，在加上必要的知识性注释之后，指望它能以比较完整的容貌呈现，以方便小说的研究者、翻译者、童书改写者和影视改编者做完整阅读。感谢王智岚女士和李子睿同学为本书做了认真的校订；也感谢世界华语出版社的罗慰年先生，他为本书在纽约出版做出了重要贡献。

顺便提一句，由于采用正体字版，字系转换中会出现一些问题，尽管已经做了大量工作，仍然难免有所疏漏，唯请读者朋友见谅。

青丘国出自《山海经·海外东经》，原本跟仓颉造字传说无关，在本小说中，它只是一个借用的地名而已。但它既然成为神话中仓颉的主要活动场所，就不妨拿来做本书的名字。这个布满绿色小山的王国，完全符合人们对上古东方故土的空间想象。

汉字是传统非物质文化遗产的核心，它曾经为整个东亚文明的建构，提供了强大的文化支撑，而且还将在未来的文化演变中继续扮演脊梁角色。考虑到汉字曾经在20世纪初叶的"新文化运动"中饱受攻击，担负过严重的恶名，所以这部小说试图回到神话/历史的想象性经验中去，从那里厘清它的正/负价值，探讨它与东亚农耕文明复杂的互动关系。无论如何，以文字为核心的"汉字共同体"，始终是中国族群认知的文化基石。

在当下的语境里，给文学读者写一点神话，也许是一个写作者的最佳抉择。神话贮存了关于灵魂自由飞翔的梦想。捍卫这种梦想，是小说的天然使命。

但这部神话小说并非终极性寓言。它是一个自在和自为的独立文本，完全超越了我的掌控。它是幻象，但也可能是曾经发生的历史。就这个意义而言，书写只是为了召回遗失的记忆。

2020年1月15日于纽约哥大东亚图书馆